中國語言文字研究輯刊

十八編

許學仁 主編

第 8 冊

漢文佛經異體字字典編輯方法研究（下）

陳逸玫 著

花木蘭文化事業有限公司

國家圖書館出版品預行編目資料

漢文佛經異體字字典編輯方法研究（下）／陳逸玫 著 —— 初
版 —— 新北市：花木蘭文化事業有限公司，2020〔民 109〕
目 6+146 面；21×29.7 公分
（中國語言文字研究輯刊 十八編；第 8 冊）
ISBN 978-986-518-024-9（精裝）
1. 漢代 2. 佛經 3. 異體字 4. 字典
802.08   109000456

ISBN-978-986-518-024-9

9 789865 180249

中國語言文字研究輯刊
十八編　　第八冊　　　　　ISBN：978-986-518-024-9

漢文佛經異體字字典編輯方法研究（下）

作　　者　陳逸玫
主　　編　許學仁
總 編 輯　杜潔祥
副總編輯　楊嘉樂
編　　輯　許郁翎、張雅淋　美術編輯　陳逸婷
出　　版　花木蘭文化事業有限公司
發 行 人　高小娟
聯絡地址　235 新北市中和區中安街七二號十三樓
　　　　　電話：02-2923-1455／傳真：02-2923-1452
網　　址　http://www.huamulan.tw 信箱 hml810518@gmail.com
印　　刷　普羅文化出版廣告事業
初　　版　2020 年 3 月
全書字數　235959 字
定　　價　十八編 8 冊（精裝）台幣 25,000 元

漢文佛經異體字字典編輯方法研究（下）

陳逸玫 著

目次

圖表目次

第三章 漢文佛經用字之相關問題探討

　　佛教自古印度外傳，形成了漢傳佛教、南傳佛教、藏傳佛教三大系統，其中漢傳佛教一支流傳於漢字文化圈，具有以漢字記載經典之特色，義理上則以大乘佛教為主流，最初經由西域傳入中原地區，再輾轉傳至朝鮮半島、日本、越南等地。一般認為，傳入中國的時間約莫於西漢末期，惟或因初期所遺留信史之徵較少，至東漢明帝時敬迎印度高僧、修建寺廟，又完成翻譯《四十二章經》，留下較多信而有徵的文物，故佛教史多以東漢明帝永平十年為佛教傳入中國之時。

　　佛教在發源國——印度，興盛一時，旋即為更具根基之印度教所掩沒，反倒是傳入中國後又再度興盛，究其原因，端在佛典翻譯、刻印事業之蓬勃。是以，無論為探索佛教教義或佛教發展，都必須以佛經為依歸，而欲解讀佛經，則當然必須認識佛經文字。本章擬由了解漢文佛經概況入手，進而探究佛經用字相關課題，建立佛經異體字字典編輯方法規劃之背景。

第一節 漢文佛經文字研究之相關文獻

　　欲蒐集漢文佛經文字，自當以漢文佛經為基本材料。而所謂漢文佛經，包含闡述佛教教義之「經」、載錄僧團生活規則之「律」、進一步闡述佛法之「論」。而這些漢文佛教經典中，間或有直接以漢語撰述者，絕大多數為翻譯作品，源

頭語則多為梵語及其他西域語言。中國佛經翻譯事業始於東漢，至唐代中葉可謂登峰造，其間有鳩摩羅什、真諦、玄奘及不空傳譯了大量重要經典，譽為「四大譯師」。宋元以降，則僅見零星成果，再無大規模之翻譯。一般來說，佛經漢譯歷史由伊始至全盛，可概分為三個時期：

一、東漢至西晉：此為草創期，譯經五百餘部，造就了不少佛經譯者，以東漢桓帝時安世高、支謙、支讖等僧人為代表，在流派上又可分為安世高的小乘禪學和支謙等人的大乘般若學兩大系統。另值得一提的是，支謙於《法句經》序言中提出了佛經翻譯的明確標準，為首先闡述翻譯理論的文章，奠定了佛經漢譯理論之發展。

二、東晉至南北朝：此一時期為發展期，有不少中外共譯的作品，以鳩摩羅什、道安、慧遠為代表。重要譯者中又以鳩摩羅什為主，據《出三藏記集》之記載，其一生翻譯三藏經論、《維摩經》、《大智度論》等三十餘部經典，翻譯時著重文采，陳寅恪推崇其譯經成就，認為有刪去原文繁重、不拘原文體制、變易原文三個特色〔註1〕，對於漢譯佛經及佛教發展均有重大影響。此外，前秦苻堅攻下襄陽後，延請高齡六十七歲之東晉高僧道安長居長安，領導翻譯講經說法達七、八年，亦成就可觀成果。

三、隋至唐中葉：此一時期為全盛期，大致以中國本土譯者如玄奘、義淨等為主，又以玄奘為代表。玄奘獲得唐太宗的支持，在長安設立了國立翻譯院，廣為招募來自亞洲東部各地之譯經參與者，十餘年間完成譯千餘卷。其譯文結合直譯及義譯，並主張求真並求俗，在佛經翻譯史上被稱為「新譯」派，鳩摩羅什等則相對地被稱為「舊譯」派。

無論採取何種翻譯概念，為因應源於域外及特有宗教的新概念（此「新」係相對於漢土既有而言），譯者均不得不創造新語言，以突破既有語言不敷使用之窘境。這些新興語言元素，隨著佛教的廣布而逐漸普及，不僅豐富了漢語的成分，甚至使漢語產生結構性的變化，是以，從事漢語研究時，如忽略佛經語言此一重要環節，必見罅漏。竺師家寧在〈佛經語言研究綜述——詞彙篇〉一文中，便強調了佛經語料研究之重要性，並歸納其三項特性如下：

第一個特性就是它的數量非常的龐大，佛經保留到今天的，超過了

〔註1〕陳寅恪《金明館叢稿二編》，北京：生活‧讀書‧新知三聯書店，2001 年。

五千卷。這五千卷的資料，超過了我們中古的漢語文獻。我們把佛經同時代的中土文獻作一比較，很多語言現象在中土文獻裡面，沒有保留下來，但是我們可以在佛經語言裡面看到。……

第二個特性就是它的口語性高。佛陀以前在說法的時候，曾經有人問過他，說佛法這麼莊嚴神聖，我們傳播佛法，是不是要用典雅的梵文來傳播？佛陀說不是！不是！我們要用最通俗的方言俗語來傳播佛法！這樣的教訓，在將佛經翻譯爲中文的時候，秉承了這樣的精神，使用當時最通俗的口語、最通俗的漢語的詞彙來翻譯佛經。……

第三個特性，佛經可以反映我們漢語從單音節走向複音節的一個重要轉捩點，一個重要標誌。複音節詞，在中古漢語的資料當中，沒有像佛經保留得這樣完整、保留得這麼豐富的。這裡面我們可以看到，各種各樣的詞素的結合、詞素結合成詞的狀況，以及一個複合詞產生的早期的狀態，和我們所看到以後定型的狀態，不完全一樣。在這個早期的狀態，我們可以看到有很多的比如說三音節詞。……「今現在」、「比丘僧」、「親眷屬」、或者說「權方便」。諸如此類的三音節詞在佛經裡非常的多，而這些資料可以提示我們，在單音節詞逐漸組合成複合狀態的早期，曾經嘗試過用雙音來結合，也曾經嘗試過用三個字、三音節來結合。發展成走向複音節、雙音化的途徑，是後來淘汰選擇的結果。〔註2〕

由上述可知，佛經語料不但數量龐大，並且可以反映口語現象，相對於以典雅語言爲主的儒家經典，更顯其於語言研究中特有的重要地位。然而，漢文佛經數量龐大，經歷代傳抄、翻刻、重印，更是卷帙浩繁，加以多已佚失，故於佛經語言、文字研究工作中，不得不借助其他非屬原典的材料。論佛經文字，佛經原典自爲最直接的來源文本，爲字形取錄、用法分析的一手資料，惟漢文佛經事業啓於東漢，距今已千餘年，所謂「原典」多已佚失，僅餘少量資料可供利用，故今佛經文字採集工作，以漢文大藏經與佛經音義書爲主要材料，此外，近代出土之敦煌遺書，亦可用於豐富字形資料，本章節擬分別探究之。

〔註2〕《佛教圖書館館刊》，四十四期，臺北：財團法人伽耶山基金會，2006 年 12 月。

一、漢文佛經大藏經

「大藏經」或簡稱爲「藏經」，又或稱爲「一切經」，指的是具有系統性組織的佛經總集。現存的大藏經，按經典用字的不同可分爲漢文、藏文、巴利文三大體系，漢文大藏經爲本文所討論範圍。佛教在傳入中國以後，漢譯佛經逐漸累積，據傳，東漢朱士行的《漢錄》、東晉道安法師的《眾經目錄》已作集結整理，係中國最早的佛教教藏經，但已亡佚。而總結東漢至隋唐長期漢譯、複製之漢文佛經卷帙浩繁情形，據《隋書·經籍志》記載：「梁武大崇佛法，於華林園中，總集釋氏經典，凡五千四百卷。」可見一斑。後來，在歷史上見有多次的大規模彙整，並且，除了中國以外，高麗及日本亦曾見十數次的整理，所集結的佛教文獻也從初時的五千餘卷增加至一萬餘卷，歷代重要成果概況如以下 2 表（成書年代主要參考《佛光大辭典增訂版》〔註3〕「中文大藏經」條）：

〔圖表〕28：中國歷代大藏經重要成果列表

時　代	大　藏　經	成　書　年　代
宋	開寶藏	983
	契丹藏	1063（或 1072）
	毘盧藏	1172
	金藏（趙城藏本）	1173
	崇寧萬壽藏	1176
	磧砂藏	1322
元	普寧藏	1290
	弘法藏	1294
明	洪武南藏	1403
	永樂南藏	1417
	北藏	1441
	武林藏	1566
	嘉興藏	1677
清	龍藏	1738
	百衲藏	1866（未完成）
	頻伽藏	1920

〔註3〕《佛光大辭典增訂版》（佛光文化事業有限公司，2015 年）。本典收錄條目 3 萬餘條，共 10 冊，其中 1 冊爲總目索引。

現代	（臺灣）中華大藏經	1956（未完成）
	（臺灣）佛光大藏經	1977（未完成）
	（大陸）中華大藏經正編	1997
	（大陸）中華大藏經續編	2006～（未完成）

〔圖表〕29：日、韓歷代大藏經重要成果列表

國　　別	大　藏　經	成　書　年　代
韓國	高麗大藏經初雕本	1029
	高麗大藏經再雕本	1251
日本	天海藏	1648
	黃檗藏	1681
	弘教藏	1885
	卍字正續藏經	1912
	日本大藏經	1921
	大正新脩大藏經	1934

　　不同時期彙集與刊刻之藏經，各有其不同的宗教與時代意義，在文字研究上，也有不同的利用價值，茲就其中較為重要簡述如下：

　　（一）開寶藏：宋太祖於開寶年間敕令開版刻經，故名曰《開寶藏》。以《開元釋教錄》目錄為依據，費時十餘年，收錄佛經 5,048 卷。後來又另以相同製版印成捲軸，稱為《蜀藏》，北宋神宗時則見《開寶藏》之校訂本傳入高麗，宋代以後之大藏經亦皆以此藏為基礎。

　　（二）高麗大藏經：高麗顯宗（時值中國北宋年間）時，覆刻由中國傳入的《開寶藏》，至 1029 年完成，為《高麗大藏經》的初雕本，惟此雕本於蒙古軍入侵時，焚於戰火，至高宗 23 年，又於江都設立大藏都監，重新雕造，歷經 16 年，約於 1251 年完成，今稱為再雕版《高麗大藏經》，收錄佛經逾 6,800 卷，為當時全世界最全面的大藏經之一，後來又有增補，含蓋了中國宋代、契丹和高麗本地的大藏經版本，流傳至今，仍為重要的大藏經。

　　（三）趙城金藏：為金人崔法珍發起，向山西、陝西佛教信眾募款開版刻經，費時三十餘年，收錄佛經 6,980 卷，刊成後進貢至金廷，時值金章宗時。因於 1933 年左右於山西趙城縣（今屬洪洞縣）廣勝寺被發現，故名曰《趙城金藏》。此藏為現存最早及最完整的傳統大藏經，其保留中國第一部木版大藏經《開寶藏》之裝幀及版式特點，任繼愈先生稱其為該藏之覆刻本，故於《開

寶藏》幾近亡佚之今日，此經可謂爲佛教文獻研究之瑰寶。

（四）普寧藏：元世祖年間於杭州餘杭的大普寧寺開版刻經，故名曰《普寧藏》。收錄佛經逾 6,000 卷。

（五）洪武南藏：明太祖洪武年間敕令於南京蔣山寺開版刻經，故名曰《洪武南藏》。費時二十餘年，收錄佛經逾 7,000 卷。

（六）永樂北藏：明成祖永樂年間於北京開版刻經，故名曰《永樂北藏》。收錄佛經逾 6,000 卷。

（七）乾隆大藏經：清雍正末年開版刻經，至乾隆年間完成，故名曰《乾隆大藏經》，或稱《乾隆藏》、《龍藏》、《清藏》。費時約 4 年，收錄佛經 7,168 卷，所採版式同《永樂北藏》。此藏經版至今猶存，藏於北京柏林寺內。

（八）大正新脩大藏經：日本大正年間時，由高楠順次郎和渡邊海旭發起，組成大正一切經刊行會，以 1921 年的《日本大藏經》爲基礎，進行增修及刊刻，編成《大正新脩大藏經》，或簡稱《大正藏》。費時 12 年，於 1934 年印行，收錄佛經 13,520 卷。此爲近代較爲完備的版本，於學術界應用甚廣，但其中校訂不全處頗受批評，後於 1960 年，日本「大正新修大藏經刊行會」加以重新校勘，修正了初印本中的若干錯誤。臺灣大學及中華佛學研究所等合作成立之中華電子佛經協會（簡稱 CBETA）進行佛經數位化時，便以此藏爲主要內容之一。

（九）（臺灣）中華大藏經：近代大藏經以日本所輯《大正新修大藏經》傳世最廣，主要華文地區則未見大規模之輯錄。1956 年，屈映光先生發起大藏經編修，並延請蔡運辰先生擔任總編審，原擬廣爲蒐錄已入藏及未入藏之漢文佛經，惜未竟全工，僅出版第一輯的宋版佛經與第二輯的明版佛經，但促使了《磧砂藏》與《嘉興藏》的流傳。

（十）（大陸）中華大藏經：1982 年起，由擔任北京世界宗教研究所所長的任繼愈先生主持，採《趙城金藏》作爲底本，再以《普寧藏》、《乾隆大藏經》、《高麗藏》等刻本對校及補充，費時 13 年，收錄佛經逾 23,000 卷，1997 年由北京中華書局發行《中華大藏經（漢文部分）·正編》。隨後，任繼愈先生又發起編輯「續編」，2009 年任先生離世，轉由杜繼文先生主持，至 2017 年 2 月尚未見全數完工。

　　由大藏經編輯歷程觀之，日本《大正新脩大藏經》爲近代較爲周全的排印本大藏經，此藏一出，在佛教界與學術界的應用最廣，1982 年大陸著手輯錄的《中華大藏經》，規模又更大，或將另有一番局面，而這兩部藏經實多源於宋代的《開寶藏》，兩者傳承路線大致如下：

〔圖表〕30：《開寶藏》傳演過程圖

　　從大藏經編輯的發動者來看，有官編及私編兩類，規模較大者多屬官編，且由帝王敕令輯錄，可見統治階層對此巨量工程推動之功。至於入藏的文獻的選擇，印度佛經的漢譯本自爲主要對象，除此之外，另有漢土本地的著述、名僧傳記等，藍吉富先生評述云：

> 從整體方面來看，宋清間的大藏經編印事業當然是一種劃時代的文化偉業。對於佛教文化發展的影響是可想而知的，其對文獻保存方面的貢獻也是毋庸置疑的。

但藍先生同時也認爲這些藏經在選擇入藏對象時，亦存在不少疏漏，並列舉了以下導致疏漏的因素：

（一）訪書不週，蒐書不全，以致要籍未能入藏。

（二）其書在中國已佚（或甚爲難覓），然仍保存於域外。

（三）對密教類文獻的不盡相容。

（四）政治力量的干預。

（五）威權人士著作的入藏。

（六）編輯陣容與編輯態度之不盡理想。〔註4〕

無論如何，彙集大量佛經及相關佛教文獻的大藏經，確實是佛學研究的重要史

〔註4〕藍吉富〈刊本大藏經之入藏問題初探〉（《中華佛學學報》第 13 期，臺北：中華佛學研究所，2000 年 5 月）。

料，所幸有前人的經營，奠定基礎，後人再不斷補充新材料，始能匯成巨流。
今之佛教文獻整理，仍不斷持續進行，如北京中華書局《中華大藏經》的續編
成果指日可待，表示傳統形式的大藏經輯錄尚拓展中，此外，因應資訊時代的
大藏經數位化工作，則是方興未艾，不僅爲佛學研究提供了更豐富材料，也提
高了資料查詢的便利性。

　　就具體運用層面而言，大藏經不但是鑽研佛教義理的寶山，也是析理佛
教語言的重要憑據。今人披讀古籍，難免借助工具書或前人注疏，字、辭書
編輯亦如此，然如胡一桂先生所說：「今之世，讀古聖人書，只當以經證經，
不當以傳證經。若經有可疑，他經無證，闕之可也。」﹝註5﹞胡先生所論雖針
對儒家經典之治理，但其實是一體適用的。無論是從事儒家或佛家經典之訓
詁，如陷溺於歷代傳注累疊之框架，無異於畫地自限，且所得未必爲原貌，
拋卻他人注解，回歸原典，再以不同經文互相釋證，或許反而更加能夠掌握
其中蘊涵。當代析解語言，常運用語料庫語言學所強調，以語言實例爲基礎
的研究方法﹝註6﹞，其實也具有相同的概念，經典原文亦即所謂語言實例，最
爲直接地反映詞語用法。將此研究方法運用於佛經語言研究，在具體的做法
上，或可首先彙集同經之相同詞語，再彙集異經之相同詞語，再逐一釐析不
同段落之文義，歸納其中同一詞語之交集義涵，即可抽取出詞義，而大藏經
所收錄的佛經亦即佛經語言實例，爲佛經語言研究提供了大量的語料，是字
義訓詁最可靠的憑據，論及字形研究，則可進而基於藉形表義的漢字特性，
由字義推究出較適合的書寫體式。

　　綜上所論，聚焦於本論文之漢文佛經用字，大藏經中的巨量語料可爲研
究的起點，「以經證經」則爲利用語料的方法。竺師家寧在〈論佛經詞彙研究
的幾個途徑〉﹝註7﹞一文，即提出「以經證經」爲佛經語言研究方法之一，另

﹝註5﹞胡一桂《周易本義附錄纂註》卷 13（嚴靈峰主編，《無求備齋易經集成》，臺北：
　　　成文出版社有限公司，1976 年）。

﹝註6﹞語料庫語言學（corpus linguistics）是以語言運用實例（語料庫）作爲研究基礎，一
　　　般以爲亨利‧庫切拉和 W.納爾遜弗朗西斯在 1967 年出版的《當代美語的計算分析》
　　　爲此研究方法之發軔。「以經證經」強調直接面對經文，而經文本身就是所謂「語
　　　言運用實例」，故筆者以爲，兩者的精神是相契合的。

﹝註7﹞竺家寧〈論佛經詞彙研究的幾個途徑〉（《第三屆漢文佛經語言學國際研究會論文集

於〈論佛經語言研究的「以經證經」〉一文，評述諸家對於《龍龕手鑑》之研究云：「方法上也是以佛經諸寫本的用字做比對，或相互印證，或版本互校，不離『以經證經』的基本思維。」〔註8〕特別提出比對不同版本用字之研究方法。由大藏經之整理歷史來看，宋代至今歷經近千年，每一次的整理成果皆反映不同斷代的用字習慣，比對異本經文所得之異文，即佛經異體字之蒐錄來源之一，可豐富本論文所欲建置之佛經用字字庫，依其形變脈絡加以推溯，亦有助於推敲用字初義。

二、漢文佛經工具書

　　佛教最晚於東漢時已傳入漢土，隨著佛教的傳播，漢譯佛經與日俱增，隋唐爲佛教全盛時期，佛經更是卷帙浩繁，其中不少詞彙爲既有漢語所固有，惟亦有數量龐大之佛經專用義譯、音譯詞，若不施以辨音、釋義，必然造成佛經讀誦及佛法傳播法之阻礙，便如湯用彤先生所言：「佛經譯本，或卷帙太多，研讀不易，或意義深奧，或譯文隱晦，了解甚艱，不藉注疏，普通人士曷能通達？」〔註9〕整理佛經字詞之音義書便相應而生，鄭阿財先生有以下簡述：

> 音義是解釋古書的一種體裁，包括了辨音與釋義兩部分。在我國，由於漢魏以來小學的發達，因此儒家很早即有經書音義的出現。隨著佛教的東傳，佛經漢譯與誦讀的需要，佛經音義也隨之產生。劉宋時，慧叡有《十四音訓敘》、北齊道慧有《一切經音》，惜均已亡佚。隋唐爲佛教全盛時期，佛經卷帙浩繁，據唐釋智昇《開元釋教錄》所載，經律論三藏已計一千零七十六部五千零四十八卷。佛經翻譯語彙的劇增，意譯、音譯語詞數量龐大，若不施以注音釋義，必然造成讀誦傳法的困難，因此，佛經音義數量遞增。……依體制論，則可分爲：（1）音義隨函，如五代・可洪《新集藏經音義隨函錄》；（2）統一諸經依分韻編次，如遼・行均《龍

——漢文佛經語言學》，臺北：法鼓佛教學院，2011 年）。

〔註8〕竺家寧〈論佛經語言研究的「以經證經」〉（《興大中文學報》第 38 期，臺中：中興大學中國文學系，2015 年 12 月）。

〔註9〕湯用彤《漢魏兩晉南北佛教史》（北京：北京大學出版社，2011 年）。

龕手鑒》；（3）統一諸經依文字部首編列，如宋・處觀《紹興重雕大藏音》。現存佛經音義中，以唐玄應及慧琳的《一切經音義》最為重要。〔註10〕

鄭先生對於「佛經音義」的定義較為廣泛，寬納各類對於佛經施以辨音、釋義之著作，再依不同體制分為「音義隨函」、「統一諸經依文字部首編列」、「統一諸經依文字部首編列」三類。而此三類中，就所收錄單位，又可歸納為兩類：

（一）以複詞為收錄單位，且兼說音義，如《一切經音義》、《可洪音義》。

（二）以單字為收錄單位，或兼釋義與辨音，如《龍龕手鑑》；或以辨音為主，如《紹興重雕大藏音》。

本文考量「佛經音義」一般取較狹定義，專指音義隨函一類，故概念上採鄭先生之說，名稱上取「佛經工具書」，「佛經音義」則指玄應的《一切經音義》（《玄應音義》）、慧琳的《一切經音義》（《慧琳音義》）、希麟的《續一切經音義》（《希麟音義》）、慧苑的《新譯大方廣佛華嚴經音義》、可洪的《新集藏經音義隨函錄》（《可洪音義》）一類的音義書，以避免產生淆誤。

不同類型的佛經工具書，在佛經用字考訂上各有其應用價值；同一類型中的不同工具書，也各有其特色，或代表著不同的語言斷代，或呈現獨特的用字整理概念。在加以利用之前，必須先予分析探究，方能適切地運用其中資料。例如同為佛經音義的《一切經音義》與《可洪音義》，便各有利用價值，萬金川先生論述《可洪音義》之獨特性時說到：

其二是審音、辨形與釋義直截了當而鮮見書證，此一特色似乎特別著眼於當時閱藏者的實際需求，而和此前玄應與慧琳等人博引旁徵式佛經音義書迥不相類，……其三是所據藏經版本極其多元，而可洪此書所參用的藏經版本竟高達 16 種之多，同時作者本人又兼具強烈的版本與校勘意識。基於可洪此書在這一方面的特色，其書中內容尤其值得版本校勘與佛經目錄學的相關研究者多所留意。〔註11〕

〔註10〕教育部國立編譯館教育大辭書編纂委員會《教育大辭書》，臺北：文景書局，2000 年。本文引錄內容係源自國立編譯館於 2006 年完成之數位化版本「音義（佛教）」條。

〔註11〕萬金川〈《可洪音義》與佛典校勘〉，《漢傳佛教研究的過去現在未來》，宜蘭：佛光大學佛教研究中心，2015 年 4 月。

此擬就最應用最廣的佛經音義《一切經音義》及以單字爲收錄單位的《龍龕手鑑》爲對象進行探析。這兩部著作於本論文第一章談述佛教字書編輯概況時，概已簡述其編輯概況、立部與分部（部首）、收字編排、收字等；於第二章論述歷代重要字書編輯體例特色時，另由漢字字書體制發展角度切入；此將再由其成書背景、流傳版本、收字分類及編排體例等加以探究。

（一）《一切經音義》探析

1、成書背景

《一切經音義》可說是由唐代釋玄應作初編，同爲唐人之釋慧琳作續編，再由遼時釋希麟作補編，三人接續完這一系列的作品，後世爲作區隔，分別稱之爲《玄應音義》、《慧琳音義》、《希麟音義》。首先，玄應因參與玄奘主持之譯場，披讀大量佛經，加以有感於北齊道慧之《一切經音》等佛經音義書之不足，故恢弘其志，期能廣錄「一切經」中當作說解之詞，惟其成書實僅二十五卷，徐時儀先生認爲：

> 其本意當是爲所有的佛經即一切經撰音義，絕不僅儘是其示寂時已撰成的四百餘部。……至少會增有《大般若經》和其參與正字的《大毗婆沙論》的音義。因此，在某種程度上我們可以說《玄應音義》實際上尚是一部未及完成的初稿。〔註12〕

玄應之後，深諳印度聲明及漢籍訓詁之僧人慧琳，或亦感其書未盡，故予增補。慧琳參照《玄應音義》中之三百餘部經典音義，加以增修，再增補其他經、律、論，總計所釋經典約一千三百餘部，全書有一百卷。此一成果實已大致廣納當時之重要漢文佛經，惟佛經漢譯工作仍持續進行，至遼代，又稍見不足，時《契丹藏》主要主持者無礙大師「見音義以未全，慮檢文而有闕」，故請希麟過濾無礙大師所編《續開元釋教錄》中之經書，就《慧琳音義》成書後新翻的一百多部進行收詞及闡釋，全書共十卷。

佛經之漢譯，自宋元以降便未見大規模之事業，僅有零星成果，故慧琳、希麟編撰之二部《一切經音義》，可謂大抵含涵蓋了當時佛經中必要解說之音義，然慧琳對於玄應著作並非完全照錄，《玄應音義》仍具有不可取代之價值。

〔註12〕徐時儀《一切經音義（三種校本合刊）·緒論》（上海：上海古籍出版社，2008 年）。

總括來說，論《一切經音義》，須由唐跨度至遼，總合玄應、慧琳、希麟之著作，惟此三者或因皆以紹述前人續業爲基本態度，於成果中呈現之概念大體具有延續性，誠如虞萬里先生所云：

> 三部《音義》互相紹承增補，如《慧琳音義》將《玄應音義》二十
> 五卷散入自己的書中，又復進行必要的增補。希麟則對《開元錄》
> 以外的慧琳未予音釋的藏經作音義。〔註13〕

2、正文內容

（1）收詞數量及編排方式

《一切經音義》由玄應、慧琳、希麟接續編纂，合計收詞四萬餘。內文先列所注佛經，再列源於該經書之字詞，經書如無須收錄之字詞，仍列其經書名。

（2）收詞及用字說解

《一切經音義》以幫助佛教徒及佛經研讀者解惑釋疑爲目的，其收詞故以一切經爲範圍，舉凡經中所見具有詮釋價值之一般詞語、佛教專科用語等，皆於收錄之列。所收詞目有單音詞、複音詞，以雙音節詞占大多數，惟於注音釋義時多分說單詞，注音則以反切法爲主，間用直音，亦有不少詞目僅注音而未釋義。釋義基本體例大體可歸納爲二類：

A、音譯詞

先注音譯字之音，再依原文梵音正其訛略，其次說解字詞義。如：

瞿陀尼 或名俱耶尼，或名瞿耶尼，或名瞿伽尼，皆是訛轉也。瞿，此譯云牛。陀尼夜，此云取與。以彼多牛，用牛市易。如此間用錢帛等。或云有石牛也。（《玄應音義·卷一二》）

鮀羅 吳雞反。諸經有作宜羅，猶是梵音訛轉也。（《玄應音義·卷一一》）

B、意譯詞

〔註13〕虞萬里〈從儒典的「音義」說到佛經的《一切經音義》──兼論《一切經音義三種校本合刊》〉（《佛經音義研究：第二屆佛經音義研究國際學術研討會論文集》，南京：鳳凰出版社，2011年）。

分字說釋，均先標注字音，再廣徵字書及經史百家分示字義。如：

麋麈　　莫悲反。《說文》：鹿屬也。冬至解角者也。下之庚反。

　　　　《山海經》云：荊山多麈。郭璞曰：似鹿而大，尾可為

　　　　帚也。（《玄應音義·卷一一》）

（3）字體分類

A、正體（正體字、正言、正字）

符合六書原則之字體，或源於古文、小篆及較早之書寫形式，或源於字書

或經典用字，又或為後起新造字。如：

前躊　　……（上）正體從止從舟作壽。……（《慧琳音義·卷

　　　　一》）

控寂　　……下情亦反，俗字也，《說文》作宋，正體字也。……

　　　　（《慧琳音義·卷一》）

B、俗體（俗字、俗用）

所採概念較廣，基本上凡相應於正體之其他寫法均可謂俗體，包含增減或

更易偏旁、訛變、類化等。如：

探賾　　上他含反，變體，俗字也，古文從突作揆。……（《慧琳

　　　　音義·卷一》）

等涌　　上等字，《說文》從竹從寺，經從草，俗字也。……（《慧

　　　　琳音義·卷一》）

C、近字（今作）

經文見另見之不同字形屬較晚生成或於今通用者。如：

麼小　　……經文作尒，近字也。（《玄應音義·卷八》）

豪氂　　……下古文氂、斄二形，今作耗，同，力之反。……（《玄

　　　　應音義·卷一七》）

D、通假字

大體係指常用來替代正體之音同、音近通假字。如：

黐比　　……經文作般，假借也。（《玄應音義·卷一二》）

簫璟　　　鬼永反，<u>假借字也</u>，本音影。⋯⋯（《慧琳音義‧卷四九》）

E、古〔籀〕文

指古文或籀文等較早書寫形式之寫法。如：

宰官　　　⋯⋯（上）<u>古文</u>作宰。（《慧琳音義‧卷一八》）

訛言　　　⋯⋯（上）<u>古文</u>蔿、譌、吪三形，同。（《慧琳音義‧卷
　　　　　二八》）

今享　　　⋯⋯（下）<u>籀文</u>作亯，同。⋯⋯（《玄應音義‧卷一二》）

涎流　　　⋯⋯（下）<u>史籀大篆</u>作㳂，從二水。（《慧琳音義‧卷一
　　　　　三》）

F、又（或、亦）作

經文中所見之不同字形，未指其正訛。如：

搥壓　　　<u>又作</u>磓，同。⋯⋯（《玄應音義‧卷九》）

豪氂　　　<u>又作</u>毫，同。⋯⋯（《玄應音義‧卷一七》）

謟誑　　　⋯⋯（上）《說文》從言狂聲也，<u>或作</u>惩。（《慧琳音義‧
　　　　　卷一》）

規矩　　　⋯⋯（下）<u>亦作</u>榘。⋯⋯（《慧琳音義‧卷一〇〇》）

G、宜作

指較詞目用字更爲適宜之用字。如：

超踔　　　⋯⋯字<u>宜作</u>趠，謂半步曰趠。（《玄應音義‧卷一三》）

陶河　　　字<u>宜作</u>掏，徒刀反。⋯⋯（《玄應音義‧卷一七》）

H、非體

於釋義中陳列經文所見訛字，並明指其爲誤或非。如：

畐塞　　　⋯⋯經文作逼，<u>誤也</u>。（《玄應音義‧卷一二》）

嫈嫇　　　⋯⋯經文作瞈瞑，<u>非體也</u>。（《玄應音義‧卷一二》）

瑕隟　　　⋯⋯（下）經從巢作隟，<u>非也</u>。（《慧琳音義‧卷一》）

謟誑　　　⋯⋯（上）《說文》從言臽聲也。臽，音陷，經從舀，
　　　　　<u>非也</u>。（《慧琳音義‧卷一》）

3、綜　述

　　觀中國歷代字、辭書之編輯，無論收詞立目、字詞訓詁，多克紹前人積業。《一切經音義》以佛教徒及佛經研讀者為服務對象，以佛經經文為說釋範圍，所面對之典籍、語言皆與《說文》一系字書大不相同，收詞立目必須另起爐灶，故其編輯方式亦別開蹊徑，不再一開始就借助既有字、辭書，而是直接由原始文本入手，然後再回頭以既有字、辭書為字詞說解參考。如此編輯路徑，對於辭書編輯方法有一定的啟發。

　　但也正因為由原始文本入手，就同時必須面對未經規範的紛雜用字情況。漢字形體複雜，佛經在大量傳抄的過程中，難免有筆畫變異或錯訛的情況，以上述「字體分類」情況來看，《一切經音義》當係採廣為收納的，對於經文用字多所蒐羅，然後作進一步辨析正訛，或以「今」、「近」等語描繪當代用字情形。由其字形處理方式，或可推測有以下文字觀點：

　　（1）文字書寫形體應立字樣：所謂字樣，即文字形體的書寫準繩，亦即今所謂的標準字體。在經文中，有多個字體對應語言中相同的音義單位的情形，《一切經音義》加以收納後，並非全然置放於相同層次，而是加以辨析區隔，其中部分字形明揭為「正體」、「正體字」、「正言」、「正字」，或於釋義中見某詞目用字「宜作某」之說明，另有部分字形則標注為俗體、非體、誤字等。「正」、「宜」具有正確、標準的概念，書寫準繩樹立後，其他書寫形體則相對為「不正」、「不宜」，即所謂「俗」、「非」、「誤」等。而查其所指定正體，大致為符合六書原則者、源於古文、小篆及較早書寫形式者、源於字書或經典用字者，又或為後起新造字，顯示編者之正字觀遵從傳統漢字，但同時兼顧當代之實用性，而非一味地泥古。

　　（2）文字流變情形應予兼顧：就今人觀點，一般人多把字、辭典拿來當成解決語文使用問題的工具，故以標準、正確為首要需求，故即便在實際用字情況中存有一字多形的情形，當今辭書多數只收錄被認定為標準形體者。《一切經音義》旨在解決讀經者之疑惑，故以全面納編經文中疑難字詞為目標，故收字不斥正體以外之異體，並就其字形演變脈絡加以辨析，區分俗、誤、古文、又作等等，而非一概視為訛字，且又廣為徵引典籍，證其所用，顯示出尊重文字流變的態度。徐時儀先生說：

傳承至今的文字資料或處於貯存狀態，或處於使用狀態，前者存于
字書，後者存于文本，而文本的用字則有文獻傳承用字和時俗用字
之別。〔註14〕

《一切經音義》編纂以文本爲收錄基礎，貯存了當時尙於「使用狀態」的文
字，包含文獻傳承用字和時俗用字，後世可一窺早期漢文佛經之用字實況，
並爲漢字研究提供了更爲豐富的材料。

（一）《龍龕手鑑》探析

1、成書背景

《龍龕手鑑》爲遼代僧人行均所編撰，一般認爲，主要編輯目的是爲佛教
徒研提供一部佛經研讀之參考字書。作者爲釋行均之事跡未見於史冊，據智光
爲其所作書序等，概可推知約存於五代末至遼聖宗年間，於今河北、山西一帶
出家爲僧，有關撰書動機，則見於智光爲此書所撰書前序：

釋氏之教，演於印度，澤布支那，轉梵及唐。雖匪差於性相，披教
悟理，而必正於名言。名言不正，則性相之義差；性相之義差，則
修斷之路阻矣。故祇園高士，探學海洪源，準的先儒，導引後進。
揮以寶燭，啓以《隨函》。郭迻但顯於人名，香嚴惟標於寺號。流傳
歲久，抄寫時訛，……有行均上人……善於音韻，閑於字書。觀香
嚴之不精，寓金河而載緝。九佃功績，五變炎涼，具辨宮商，細分
喉齒，……剙以新音徧於龍龕，猶手持于鸞鏡，形容斯鑒，妍醜是
分，故目之曰《龍龕手鑑》。〔註15〕

佛教教義之傳播，或由僧人口傳，或透過文字散播，後者途徑即造就佛
經之生成。而就佛經讀者而言，欲一窺佛理堂奧，首先必須正確理解文字，
當時雖已有佛經音義書之類之專科工具書可供參考，惟這些著作多未收錄佛
經中經輾轉抄錄而大量產生的俗字、誤字，實無法澈底解決讀者識讀佛經用
字之困擾，行均有感於此，費時五年撰著本書。書名中之「手鑑」即手持之

〔註14〕徐時儀校注《一切經音義（三種校本合刊）‧緒論》（上海：上海古籍出版社，2008
年12月）。

〔註15〕遼‧智光〈新修《龍龕手鑑》序〉（遼‧釋行均，《龍龕手鑑》景印江安傅氏雙鑑
樓藏宋刊本，四部叢刊續編，臺北：臺灣商務印書館，1966年）。

鸞鏡,「龍龕手鑑」喻該書可反映佛經用字並解決其中疑惑。惟此書原名實爲
《龍龕手鏡》,宋人重刊時,因避太祖趙匡胤祖父趙敬之諱(「鏡」與「敬」
同音),故更名爲《龍龕手鑑》。

　　本書成書時,該時契丹書禁甚嚴,凡外傳者,依律可處死刑,故此書至
宋神宗熙寧年間始傳入中原〔註16〕,今遼之原刻本已亡佚,目前尚可考之抄本
及刻本尚有多種,如毛氏汲古閣舊藏宋刊本、江安傅氏雙鏡樓藏宋刊本,以
及以此爲底本影印之《續古逸叢書》本、《四部叢刊續編》本、虛竹齋本等,
還另見有傳者不明之明抄本、清抄本、清刻本、明影宋抄本等,其中較廣爲
利用者爲:

　　（1）高麗本:仍名《龍龕手鏡》,原存於《高麗藏》中,故稱「高麗本」。
　　　　　爲最接近原刻的版本,惟有所殘缺,未見第二卷,北京中華書局於
　　　　　1995年影印發行。
　　（2）《四部叢刊》本:名《龍龕手鑑》,源於景印江安傅氏雙鑑樓所藏刻
　　　　　本,上海商務印書館據以影印,收入於1934年編印之《四部叢刊
　　　　　續編》〔註17〕。後潘重規先生以此版本爲基礎,鳩集學生將收字依
　　　　　二一四部首重新排列,編成《龍龕手鑑新編》,於1980年出版。沈
　　　　　括《夢溪筆談》:「有人自契丹得此書,入傅欽之家,蒲傳正取以刻
　　　　　版。」據此,傅氏所藏當爲最初之宋刻本,惟比對於高麗本,仍有
　　　　　失眞,使用時宜同時參照高麗本。

2、正文內容

（1）收字數量及編排方式

　　本書正文收字二萬六千四百三十餘,概依部首編排,並依部首之平、上、
去、入分爲四卷。

〔註16〕宋·沈括《夢溪筆談》:「契丹書禁甚嚴,傳入中國者法皆死。熙寧中,有人自虜
　　　　得之,入傅欽之家。薄傳正帥浙西,取以鏤板。」(北京:中華書局,1985年)

〔註17〕《四部叢刊》由上海商務印書館陸續印行(1919年～1935年),有初編、續編、
　　　　三編,共計收錄古代漢籍五百餘種,因按經、史、子、集編排,故曰「四部」。所
　　　　收漢籍係以商務印書館創設之涵芬樓藏書爲基礎,再廣蒐海內外善本編錄而成。
　　　　後臺灣商務印書館重新編印初編,改稱《四部叢刊正編》,又整理增補初編、三編,
　　　　印行《四部叢刊廣編》。

（2）收字說解

基本上包含字形、釋音、釋義，部分字形下僅見釋音。若有一字多形，基本上皆錄爲收字，並區隔爲正、異體以字串呈現。字串中首先分類陳列異體，接次陳列正字、今字，再次釋音、釋義，最末或標注正、異體字合計字數。如：

穅，苦剛反，米皮也。（禾部）

冈俗 𥤑 正，文兩反，無一也，此字與四部相濫，故從俗者也。二。（冈部）

屄古 尾屌屎 三俗 尿 今屎正，奴弔反，腹中水也。（尸部）

𠝣剪 二正，音前。（刀部）

鑀，魚乙反。（金部）

鎃，胡刮反。（金部）

另有部分於釋義中說明正異字體、未區隔正異體、先列正字再列異體等狀況，如：

佀，俗，侶，或作徐姊反，正作似，相一也。二。（人部）

秙，音胡，正字黏。（禾部）

秆稈，古旱反，莖也，二同。（禾部）

稬稬，二古文，音補。（禾部）

龒龘，徒合反，龍飛之皃也，二同。（龍部）

𠡷，古麥反，又鳥候反，𠡷，同上。（凡部）

鍘，音刷，《玉篇》云三一爲一斤也，又音劣，鋝，俗，同上。（金部）

還有少量以複音詞爲收錄單位，且逐釋複音詞詞義者，如：

浹涑，上胡甲反，下又甲反，俗字，正作浹涑二字，水凍相著也。（冫部）

佔侸。上丁兼反，下當侯反，一一，輕薄也，一曰垂下皃。上又音店。（人部）

（3）字體分類

　　本書對於一字多形之處理，所採方式類同《干祿字書》，概由多形中擇取主體用字，其餘則列屬異體層級。惟《干祿字書》大抵便分正、通、俗三體，《龍龕手鑑》之字體分類則複雜許多。主體用字有「正」、「今」二類，「正」即正體，爲正式場合所用字體，「今」爲今體，爲流行於當時的字體，其他異體標注則大致可見古、俗、通、同、誤、籀文、同、或作等，茲列舉異體字形呈現之數例如下：

A、古（古文）

古代使用但當時已罕見使用之字體。如：**稊**正**稗**古文，同上；**弢**古**弭**今。

B、俗

當時流行、於非正式場合使用之字體。如：**㮤**俗**松**正。

C、通（俗通）

當時通行之字體。如：**數**通**數**正；**属**俗通**屬**正。

D、誤

訛寫字體。如：**屢**誤，舊藏作楼，在《高僧傳》；**簥鴇**二誤，舊藏作矯，居沼反，詐也。

E、籀文

秦地相近地區所用之文字，筆畫較小篆繁複。如：**雁**籀文，鷹字。

F、或作

與正字寫法不同之其他字體。如：**衦**或作**裵**今。

G、同（同上）

與正字音義相同之其他字體，可能有均可視爲正字之義。如：**敺**古麥反，又鳥侯反，**敺**同上。

　　綜觀以上引例，其中標注「或作」者實爲未予別類，「同（同上）」或有並正之意，惟未能確知。其餘「古」、「俗」、「通」、「誤」、「籀文」似有六類，惟分別細究其性質，各類型或有重疊或區隔不明的問題。如「俗」與「通」難以區隔；俗字中當含訛寫成俗，則「俗」與「誤」間必有重疊；又籀文可包含於古文中，即「古」與「籀文」非屬同一層級之分類。

3、綜　述

　　東漢末年，漢字走向楷化且趨於定形，原有利於字體之規範化，但此時書寫載體由石板、竹簡轉爲紙張，便利性提升，書寫行爲由知識份子擴及庶人，卻造成了阻礙。因民間書寫講求實用、簡便，對於字形之正確性較爲輕忽，加以無標準字樣可供依循，故於書寫實況中，反而充斥書無定形之現象，至魏晉六朝，天下分裂，用字紛雜更爲劇烈，形成了俗字流行的高峰之一，顧炎武《金石文字記》中便說到：「文字之不同，而人心之好異，莫甚於魏、齊、周、隋之世。」〔註18〕觀乎佛教於漢土之發展，於六朝正見蓬勃之勢，逮唐季則臻於高峰，在此段期間，佛經傳譯也相對盛行，而當時雕版印刷術尚爲萌芽階段，故所見佛經多爲手抄本，在俗字盛行的書寫大環境下，佛經中自多俗寫字形，其中並難免包含因訛成俗者，即如可洪所謂「藏經文字謬誤頻繁」〔註19〕。

　　在上述背景下編纂之《龍龕手鑑》，爲能切實解決佛經閱讀之困擾，自然無法對於訛形異寫滿布經紙之現象視而不見，故其收字中含有大量的俗寫、異體，《四庫全書》之本書提要即描述云：「此書雖頗參俗體，亦間有舛訛。然吉光片羽，幸而得存，固小學家所宜寶貴矣。」〔註20〕惟此所謂「所宜寶貴」者，於有清一代卻引發也負面的評價，如錢大昕先生貶斥曰：「（里俗之妄談、魚豕之訛字）皆繁徵博引，汙我簡編。指事形聲之法，埽地盡矣。」〔註21〕李慈銘先生更強烈地批評：「此書俗謬怪妄，不可究詰，全不知形聲偏旁之誼，又轉寫訛亂，徒淆心目，轉滋俗惑，直是廢書，不可用也。」〔註22〕所幸，其後有潘重規先生從敦煌學立場，洞見此書於漢字研究之價值：

〔註18〕清，顧炎武《金石文字記·卷二》（文淵閣《四庫全書》電子版，香港：迪志文化出版有限公司，2007年）。

〔註19〕西晉·可洪《新集藏經音義隨函錄·序》（延藏法師主編，《佛學工具書集成》，北京：中國書店，2009年）。

〔註20〕《欽定四庫全書總目》（文淵閣《四庫全書》電子版，香港：迪志文化出版有限公司，2007年）。

〔註21〕清·錢大昕《潛研堂文集·卷二十七·跋《龍龕手鑑》》（四部叢刊初編集部·上海：上海古籍出版社，2002年）。

〔註22〕清·李慈銘《越縵堂讀書記》，上海：上海書店出版社，2000年。

　　《龍龕手鑑》爲佛徒據佛藏寫本編成之字書。古代寫本已蛻變爲版
刻書籍，似已失去編集時之作用；然千載之後，敦煌寫本數萬卷復
現於天壤間，讀者擒埴冥途，暗中摸索，求一導夫先路者不可得；
而《龍龕手鑑》炳然一燈，閃耀千古。照明發伏，得不謂爲學林之
大幸耶？……是則謂《龍龕手鑑》即敦煌寫本專造之字書可也。清
儒不見敦煌遺書，未明眞相，橫加詆毀，遂使《龍龕手鑑》之功效，
鬱千載而不彰。今幸得窺其奧蘊，使後之學者取敦煌寫本以證《手
鑑》而《手鑑》明；取《手鑑》以證敦煌寫本而寫本明，行均編集
之功於是爲不唐捐矣！〔註23〕

潘先生謂本書爲「敦煌寫本專造之字書」，並盛讚其「炳然一燈，閃耀千古。照
明發伏，得不謂爲學林之大幸耶？」與錢大昕先生等人之評述差異甚遠，實乃
敦煌卷子現世，展示了前所未知的漢字發展階段，而《龍龕手鑑》適可提供諸
多考據線索，其價值故而彰顯。惟爲提供佛經閱讀者查索佛經用字，切合佛經
用字實況收錄字形，自爲理所必然，故筆者以爲無論本書於漢字研究、字樣樹
立之價值如何，均無損其工具書價值，且其奠基於讀者需求之編輯立場，對於
後世辭書編輯具有啓發性。

　　綜觀之，《龍龕手鑑》反映當時寫本佛經用字實況，廣收其中所見之大量
俗字、訛字，或許減低了字書的規範功能，但對於當時佛經讀者來說，是更
具實用性的，於今而言，這些在其他字書罕見的俗寫字，則爲近代發掘之敦
煌遺書提供了不少字形辨識的線索，也填補了漢字發展路線中的一段斷軌。
然而，行均是否如李慈銘先生所云「全不知形聲偏旁之誼」，其實是誤打誤撞
地收了別人沒收的字，無意間造就此書價值？經細察其內容，如「瓠」、「瓢」、
「瓢」等字，皆屬「瓜」之義類，《龍龕手鑑》「瓜」部固可查見（字形略有
出入），於「爪」部又另見從「爪」之異形，就字理言，從「爪」之形爲形近
之訛，顯然易見，當不予收錄，以免造成查詢者對於用字之疑惑，降低對於
字書的信任感，但若不收，讀者於佛經見從「爪」之形時，則無從查得，是
以，行均仍予收錄，惟特於部首字「爪」下注「與瓜相濫，瓜音古花反」，「瓜」
字下注「與爪相濫，爪音側絞反」，「瓢」下又注「正從瓜」。也就是說，本書

〔註23〕潘重規主編《龍龕手鑑新編·引言》（北京：中華書局，1998年）。

於收錄訛、俗字形之同時，亦兼顧了標準寫法之樹立，或其字形整理並未全面，仍可得知行均並非不明六書之汎汎之輩，且當如智光所稱之「善於音韻，閑於字書」，方能對於當時紊亂紛雜的用字實況加以析縷分條，編成《龍龕》一書，存錄當代用字實況，爲後世提供珍貴之字形資料。教育部《異體字字典》收錄異體字形約七萬字，其中便約有二千字之僅據《龍龕手鑑》（高麗本、四庫本），由此概可窺知其重要性及獨特性。

三、漢文佛經寫本

中國雕版印刷雖然在唐代已經發明，但要到宋代才普及，在此之前，抄寫是書籍流傳的主要方式。歷時長久的抄寫期又分爲兩個階段：第一階段大約爲秦漢魏晉時，又可分爲以竹簡、木牘、布帛爲書寫載體的「簡帛時期」以及以紙張爲載體的「寫本時期」。佛教傳入漢土且佛經文獻開始流傳時，正逢「寫本時期」，故寫本爲最初的佛教文獻主要形式。

敦煌位居漢唐時絲綢之路，爲中國與西域來往的交通孔道，也是一個佛教聖地，在莫高窟一帶，從東晉以來便一直持續開窟建寺、雕塑佛像、抄寫佛經等。高國藩先生曾說到：

> 敦煌由於是中西交通的樞紐，因而它是外來宗教傳入中國最早的落
> 腳點之一。佛教、景教、摩尼教，均經此傳入中國內地，因此而有
> 諸多敦煌寫本。〔註24〕

後因社會動亂，敦煌的宗教活動漸趨式微，元代以後，絲綢之路廢棄，這些洞窟消失在世人的視野，其中珍寶也就跟著塵封。直至 20 世紀初期（光緒年間），莫高窟的一個小窟室被重新開啓，前秦苻堅至南宋慶元年間的各類文物紛紛出土，爲宗教、文學、語言、藝術、考古、科技、建築等多方面的研究提供了新材料，甚至撼動形成已久的學術定論。這些文獻以漢文作品爲主，一般稱爲「敦煌文獻」、「敦煌遺書」，包含儒家典籍古本、《全唐詩》中未見的唐代名家詩作、宋眞宗時被明令禁絕的變文，更有大量失收於諸部《大藏經》中的佛教經卷，絕大多數爲手寫本，故又名「敦煌寫本」。佛經文獻約占敦煌文獻之 90%，包括經、律、論、疏釋、僞經、贊文、陀羅尼、發願文、

〔註24〕高國藩《敦煌學百年史述要》（臺北：商務印書館，2003 年）。

啓請文、懺悔文、經藏目錄等，映證了當時佛教活動之興盛。

　　遺憾的是，自敦煌石窟出土的文物在清末戰亂時大量流出，大約有三分之二散布於世界各地，今大英博物館、法國國家圖書館、俄羅斯科學院等地均有收藏，另有部分爲個人所收藏。但也因爲大批文物流出海外，使得後來以敦煌藏經洞出土文物爲研究主體的「敦煌學」成爲一門國際性的研究學門，且一時蔚爲風潮。如同陳寅恪先生爲陳垣《敦煌劫餘錄》〔註25〕作序時所云：「一時代之學術，必有其新材料與新問題，取用此材料，以研究問題，則爲此時代學術之潮流。」敦煌文獻便是 20 世紀的新材料，孕育了新的學術潮流，並且，經過百餘年，從最初的文獻整理，延伸至佛教傳播及義理、俗文學、語言文字、中古社會歷史等多個層面，在進入 21 世紀的今天，尚有不少待開發的議題，故敦煌學仍持續發展中。

　　高國藩先生在《敦煌學百年史述要》中論及敦煌文獻的利用，首先區分成十種類型，將「外來宗教的經典」列爲首類，並對於其中佛教文獻之運用概述如下：

> 佛經約占 95%。經、律、論三藏都有。敦煌佛經最有價值的地方，
> 是藏外古逸經的發現，其中有些經典，在印度和中國都早已失傳，
> 日本佛學家依據敦煌佛經把三百六十八種佛經補入《大藏經》。
>
> 〔註26〕

此所謂占總文獻量 95%的佛經，絕大部分都是寫本，有於敦煌當地作成的，也有從其他地方流通至敦煌的，其中包含了由朝廷或貴族送往供養的譯經原本或抄本。至於這些寫本的書寫者，或爲僧人，或爲職業寫經生，也有各行各業的一般俗眾。至於這些寫本的內容，雖說含括經、律、論，但其實以經的量最爲龐大，其中又以爲發願、祈福而抄寫的《法華經》（《妙法蓮華經》）、《大般若波羅密多經》、《金剛般若波羅密經》、《金光明最勝王經》、《維摩詰所說經》等數量最多〔註27〕。至於論典與律典，雖然爲數不多，但極大比例是

〔註25〕陳垣《敦煌劫餘錄》，臺北：中央研究院歷史語言研究所，1991 年。

〔註26〕高國藩《敦煌學百年史述要》（臺北：商務印書館，2003 年）。

〔註27〕汪娟〈敦煌遺書中的佛經簡介〉（《法光》第十二期，臺北：法光雜誌社，1900 年 9 月）。

既有之佛教資料彙集中所欠缺的，確實也發揮了補充的效能。

除了上述補充佛教經典之利用方式外，近年來，研究之切入點逐漸由內容拓展至用以表述內容的載體——語言，如竺師家寧在〈佛經言言研究綜述——詞彙篇〉一文中所云：

> 過去我們談到佛經，就想到「哲學的佛經」、「義理思想的佛經」。到了梁啓超、胡適的《白話文學史》以後，漸漸了解了「文學的佛經」，開展了佛教文學的研究。而最近許多年來，海峽兩岸與日本，都同時注意到佛經語言研究的重要性，也意識到它是一個非常珍貴的語料庫。〔註28〕

此所謂「佛經語言研究」，含括音韻、文字、訓詁、詞彙、語法等面向，不同斷代的佛經著作，各有其利用價值。關於敦煌佛經寫本，張涌泉先生論及研閱敦煌文獻障礙之前二項爲：「一是敦煌寫本多俗字，辨認不易；二是敦煌文書多俗語詞，理解不易。」〔註29〕恰呈顯了敦煌文獻的語言特色，要言曰即一「俗」字。蔡元培先生在爲劉復《敦煌掇瑣》作序時，對於敦煌佛經寫本之「俗」，肯定了其價值曰：「這種抄本，一可以校經文的異同，二可以見當時的別字，三可以看當時普通人的書法，已不能不算是希世之寶了。」〔註30〕陳寅恪先生則直接提出整理言些俗字的必要性：「若能蒐集敦煌寫本中六朝唐代之異文俗字，編爲一書，於吾國古籍之校訂，必有裨益。」〔註31〕蔣禮鴻先生〈中國俗文字學研究導論〉一文〔註32〕，也強調俗字輯錄和研究對於漢字文字研究之重要性。

依以上幾位先生對於敦煌寫本之看法，佛經寫本對於佛經文字研究最重

〔註28〕竺家寧〈佛經言言研究綜述——詞彙篇〉（《佛教圖書館館刊》第 44 期，嘉義：香光尼眾佛學院，2006 年 12 月）。

〔註29〕張涌泉〈敦煌文獻字詞釋例〉（敦煌學會，《敦煌學》第二十五輯，潘重規先生逝世週年紀念專輯，臺北：樂學書局有限公司，2004 年 9 月）。

〔註30〕劉復《敦煌掇瑣》，臺北：中央研究院歷史語言研究所，1991 年。

〔註31〕陳寅恪〈敦煌本十誦比丘尼波羅提木叉跋〉（《國立北平圖書館館刊》（影印本）第 2 卷，臺北：臺灣學生書局，1967 年）。》

〔註32〕蔣禮鴻先生〈中國俗文字學研究導論〉（《杭州大學學報》1959 年第 3 期，杭州：杭州大學，1959 年）。

要之挹注，應不外乎「異文俗字」這個範疇。在進一步探討其具體運用方式前，可先由張涌泉先生的一段話先行認識敦煌寫本的用字特色：

> 敦煌文書大抵是六朝以迄北宋初年的手寫本，它們湮埋一千多年，
> 未經後代校刻竄亂，保存著當時寫本的原貌，作為這樣一個特定歷
> 史時期的特殊形態的文獻積存，這些文書在語言上有以下幾個鮮明
> 的特色：一、多佛經用語；二、多俗字、俗語詞；三、多用假借字；
> 四、隸、楷、行、草並用。〔註33〕

相較於筆畫分明的刻本，寫本的字形筆畫相對地較不明確，此外，刻本多成於專業刻工，寫本的書寫雖同樣有專業抄手，亦可能是泛泛眾生中的任一人，然而，若相較於一般帳冊等日常文件，大體來說，多數的佛經寫本仍有一定程度的嚴謹度，如鄭阿財先生云：

> 敦煌寫本佛經可大別為：一切經、供養經、日常用經等三大類，其
> 中一切經乃官方寫經，屬正式寫經。至於供養經又稱施經、願經，
> 即信眾發願布施的經典。供養經一般由信徒發願自行抄寫，其性質、
> 體制雖不若一切經來得正式、嚴謹、講究，然相較於日常用經則明
> 顯工整而一致；供養經因係發願布施之經典，基於宗教信仰的感情，
> 抄寫時特別重視態度的虔誠與莊嚴慎重，深恐因潦草、舛誤或衍誤
> 而結下「業緣」。……因此，供養經雖非書家書寫，亦非如宮廷寫經
> 多出自精於虞體、歐體老練書手之手，然亦力求筆畫工整。……抄
> 手抄寫的經典，在字體上、行款上較諸一般信眾發願抄寫自然嫻熟
> 而中規中矩。〔註34〕

惟無論書寫態度如何嚴謹，魏晉以降由於政治社會動盪，又值漢字由隸體轉為楷體的演變期，可謂漢字使用最為混亂的黑暗期，俗字空前泛濫，反映在佛經寫本中，便是俗體充斥的狀況，如為探求書寫規範，寫本的利用價值不高，其「湮埋一千多年」所順勢保留的六朝至北宋民間用字實況，始為最珍貴價值。故於今語言文字領域中，敦煌遺書多利用於俗字研究，填補了敦煌

〔註33〕張涌泉《敦煌俗字研究導論》（臺北：新文豐出版公司，1996 年）。

〔註34〕鄭阿財〈論敦煌俗字與寫本學之關係〉（「日本學、敦煌學、漢文訓讀的新展開」
　　　　國際學術研討會，日本：北海道大學，2004 年 9 月）。

石窟未面世前的漢字發展脈絡建構之斷層。聚焦於本論文之佛經用字整理，這些俗字資料之利用效能則大抵如下：

（一）用於補充佛教文獻用字字形

佛家經典彙集爲大藏經時，經過正式的整理，用字或採當時通行者，或整理者認定之正確用字，總之未必依循原有版本，若其原據版本係充斥大量俗字之寫本佛經，改易之程度應當不低。至於字書，除了像《龍龕手鑑》一類者，特意以俗寫字爲收錄對象，一般而言，依「典範」之標準，納編字形時，大多排除俗字、訛字。是以，敦煌遺書面世之前，俗字資料是較難取得的，漢字字形庫的建置也必然有所欠缺。今整理佛經用字，敦煌遺書中大量佛經文獻中的俗字，不但可補充佛經用字字形的蒐集，亦可補充漢字字形資料庫中所欠缺的部分。

（二）用於審辨佛教文獻用字音義

「俗字」之所以定位於「俗」，多因其形體未符合文字初形，又或其形體結構無法呼應字義，是以，即便在某個斷代中被廣泛使用，亦未必被收錄在具有「典範」性質的字書裡，後世若欲探其用法，多苦無門徑，而敦煌佛經寫本恰可補充這一方面的資料。如佛經中見「妒」字，此字歷代字書收錄之，多釋「遇也」，《龍龕手鑑》則另釋爲「妒」之俗字。今見敦煌佛經寫本，斯3872 號《維摩詰經講經文》有「戒身心，少嗔妒，逡速時光早已暮」句，斯2614 號《大目乾連冥間救母變文》有「世人（不）須懷嫉妒」句〔註35〕，審度文義及經文之押韻，可推測「妒」於佛經中未必作「遇也」之義，《龍龕手鑑》所釋「妒」之俗字，確屬佛經中「妒」字之用法，則上述佛經文獻中之「嗔妒」、「嫉妒」，今可改作「嗔妒」、「嫉妒」。

（三）用於糾矯佛教文獻錯訛用字

佛教文獻經不斷地傳抄、複製，因誤謄、錯判，留下了不少的錯訛字，以致造成文義難解或有異文的狀況，有時可藉由寫本文獻中的俗寫字形找到校勘的線索。如《敦煌變文集》有「昔有郭巨者，字文氣」句，同書所收《孝子傳》則云郭巨字「文舉」。今見敦煌寫本伯 2132 號《金剛般若波羅蜜經講

〔註35〕此二經文內容係間接引錄於張涌泉《敦煌俗字研究導論》（臺北：新文豐出版公司，1996 年）。以下寫本資料亦間接引錄本書資料。

經文》:「言『一切有爲法』者，總𥝢有爲之法也。」及「言如來說諸心者，先釆眾心也。」依文句加以研判，「𥝢」、「釆」皆字，當係俗寫字體，上述「文舉」、「文氣」之差異，藉由寫本中「舉」字俗寫體之線索，大抵可推測係抄寫者因形似之故，將「舉」誤判爲「氣」，實當以「文舉」爲證。另於名家書帖中，可見「舉」字草寫成「」（趙孟頫〈急就章〉）、「」（董其昌〈書古人詩〉）〔註 36〕，亦可爲證。此外，日本著名學者衣川賢次先生也曾提出以敦煌寫本校訂《大正藏》的想法：

> 《大正藏》必須再加校訂這一事實無可置疑。它的主要底本《高麗藏》，現在看來已不是那麼完美無缺……我們通過校勘就發現刊本藏經之間的文字差異不是很大，而刊本和寫本之間卻存在著明顯的、較大的、有系統的差異……因此當我們閱讀刊本大藏經中的漢唐時期的佛經時，不能盲目地就認爲這和當年的原本一模一樣……唐代寫經、奈良平安朝寫經……這些古寫經保留了文字表達上的古老形態，價值很高。作爲漢語史資料而使用漢譯佛經，要做嚴密的詞彙語法研究，應當依據這些古寫經資料。〔註 37〕

由此可知，敦煌寫本作爲目前所見之佛經較早版本，從版本學的角度而言，是謂善本，今天出土的數量雖然有限，仍可作爲校勘佛經之可貴資料。

四、各類文獻之應用方式

綜上所論，敦煌出土之佛經寫本，或最爲趨近於佛經原典；具有佛經單行本「合集」性質之漢文大藏經，雖於輯錄時，或改易原經字形，惟相較於節錄佛經字詞之佛經音義，其中的完整篇章更能展現佛經文字之具體用法；經過系統性整理之音義書與字書，則提供了理解佛經文字用法、採集文字形體的捷徑。論理，語言文字之研究應以原始文本爲主，但就現實層面考量，今可見之寫本資料極爲有限，大藏經資料量則過於龐大，且相同典籍重覆收錄於諸家匯編之大藏經中，形成多種版本，使資料益爲龐雜，難以掌握，故

〔註 36〕書帖字形引自國家發展委員會「全字庫」網站（http://www.cns11643.gov.tw/AIDB/welcome.do），查詢日期：106 年 3 月 4 日。

〔註 37〕〔日〕衣川賢次〈以敦煌寫經校訂《大正藏》芻議〉（劉進寶《轉型期的敦煌學》，上海：上海古籍出版社，2007 年）。

於實務操作上，反倒多由音義書一類的工具書入手。

　　且就上述之《一切經音義》、《龍龕手鑑》編製內容來看，佛經工具書不但採錄佛經字詞，加以釋義、標音，並彙聚具有相同職能的用字，區辨為正字、通用字、同用字、古文、俗字等等，確有助於佛經文字資料庫建構工作。姚永銘先生研究《慧琳音義》，亦提出相關見解，認為《慧琳音義》與魏晉六朝、晚唐至五代兩個俗字流行高峰有一定的關係，故保留了相當豐富的俗字資料，姚先生之論述如下：

> 一方面，它所詮釋的佛教經典，很多即是從東漢到六朝的作品。另一方面，它所詮釋的對像是佛教作品，而俗字在佛教作品中更見流行，第二次流行高峰的重點流行區域正是佛教作品。這正是《慧琳音義》俗字特別豐富的原因。……首先，《慧琳音義》保存了自《通俗文》以來的一系列已佚的俗文字書的寶貴資料。由於自來重正輕俗，唐代以前的一系列俗文字書大多已經亡佚，我們今天要了解這些俗文字書的情況，只能通過後人的輯佚。……其次，《慧琳音義》還保存了大量的俗文字字形。〔註38〕

　　是以，佛經工具書在佛經異體字之研究上，必然可起極大作用，惟使用此類工具書時，必須特別留意——其中輯錄之字形係經重新謄寫、刻印，且編纂者可能帶入個人的書寫習慣，或將原字形改易為編纂時期的俗用字形，故其字形未必符合佛經文字原貌，又其中之標音釋義，或為反映當代脣吻間之語言實況，或反映編纂者對於佛經字詞載義之理解。漢文大藏經為佛經單行本之輯錄，亦非屬一手資料，就文字字形而言，存在著與佛經工具書相同的情形，惟其收錄之佛經完整篇章內容，可用於驗證佛經工具書中對於佛經字詞用法之詮釋，並可用於補充未見於工具書之字形及字詞用法。時代最早的佛經寫本，則為豐富文字形體、審辨文字用法之重要資料。易言之，在佛經文字蒐錄工作中，首先利用佛經工具書建構基礎，再以漢文大藏經、佛經寫本加以補充與驗證，當為具體可行的方法。

　　以上就漢文大藏經、佛經工具書之內容，論其於文字形、音、義等層面之應用價值。本論文以佛經異體字為主題，特為關注字形層面，而一個文字除了

〔註38〕姚永銘，《慧琳《一切經音義》研究》，南京：江蘇古籍出版社，2003 年。

因個別書寫行為形成形體差異，不同書寫方式及載體亦形成特有之文字形體特色。茲先歸納較常見之佛經文獻載體如下：

（一）金石：即用以刻寫文字的金屬器具、石碑等，如佛教法器、北京房山縣雲居寺石經山的《房山石經》、泰山經石峪的《金剛經》。

（二）紙張：紙張於漢代發明後，即成為最普遍使用的佛教文獻載體，早期有刻本、寫本二個主要類型，現當代則為鉛字印刷或電腦排印本。刻本部分，隋唐時代，雕版之術伊始，已經少量佛經刻本，藏經的大量刊刻則約為宋代以後；至於寫本，於今所見敦煌遺書中，則主要起訖於南北朝及宋代。

（三）微卷：指以微縮攝影技術儲存原始文獻影像之膠卷。這是自 1930 年以來常見的文獻儲存方式，惟因資料經過微縮，必須配合專用儀器閱讀，故多見於圖書館，如臺北市的國家圖書館有《妙法蓮華經》（宋刻本）、《金剛般若波羅蜜經》（明萬曆刻本）等。

（四）電子載體：順應資訊技術之發展、網際網路使用之普遍，以電子格式呈現之佛經越越豐富，較具代表性的有：日本大藏經資料庫研究會（SAT）的《大正新脩大藏經》網站（http://21dzk.l.u-tokyo.ac.jp/SAT/index_en.html），提供藏經文字檢索，並附原件影像；韓國高麗大藏經研究所（RITK）的《高麗版大藏經》（http://kb.sutra.re.kr/ritk/index.do），同樣提供文字檢索及木刻版原貌影像；臺灣則有中華電子佛典協會（CBETA）的《大正新脩大藏經》及《卍續藏》、《高麗大藏經》、《嘉興大藏經》選錄內容之文字檢索。

再進一步歸納——微卷、電子載體中之掃描影像，為文獻之再現；以金石鑱刻、雕版印刷、人工抄錄、電腦繕打等方式描摩典籍內容，則為文獻之重製。就文字形體而言，屬「再現」性質之資料，係反映文獻之用字原貌；屬「重製」性質之資料，則間或反映重製時代之用字習慣，未必貼合原件之文字形體，尤其以電腦繕打者，因電腦字型有限，更常見以可輸入字取代原典字之改易用字情形，如此做法雖有原典文字形體「失真」之疑慮，但間接造成佛經用字統一之成效，有利於佛經文字整理工作。此外，在相同的載體上，不同的製成方式，對於文字形體之形成亦有一定程度的影響，如同樣載於紙張上之文字，雕印與手寫之文字風格迥然。雕印文字係以雕鑿器具於硬板上鑱刻而成，筆畫較為方直，折筆處常分作二畫；手寫文字主要以軟筆為書寫工具，筆畫較為圓滑，且因書寫自由度高，形體之規範性較低。

綜而言之，不同載體之文獻資料，在佛經字形之文字採集上可作不同層面之應用。筆者以為，面對如此大量之佛經文本資料，在建立文字資料庫時，或可利用用字經規範之電子格式文本架構基礎，再從以紙張、微卷、電子影像展示之寫本與刻本原件中輯錄相應字形；在文字用法上，亦同樣採用電子文本，輔以今日已有相當發展之語料庫資訊技術，進行快速歸納並作基本剖析，然後再以人工智慧加以補強或修正，以減輕人力負擔，並提升資料處理之全面性。

整體來說，因應佛經資料之巨量、繁重，在進行文字整理工作時，執行方式之可行性特為重要，是以，本文所提出之文獻應用方式，並非直接由佛經原典切入，而是採取較為便捷的途徑，一則以經過整理的佛經工具書作為文字字形蒐錄及標音釋義之基礎，一則利用電子文本作為文字資料庫建構之基礎，在建立基本骨架之後，再以較為接近原典、較能反映文字演變脈絡之文獻逐漸豐盈血肉。在上一個章節中探討的教育部《異體字字典》，其採集字形之文獻年代縱貫數千年，文獻類型橫跨經史子集，甚至含括碑刻文字，更是浩瀚無疆，難以劃定範圍，該典亦非由文獻文本入手，而是以歷代字、韻書作為文字採錄基礎。

第二節　漢文佛經之詞彙特色與用字類型

漢字為漢語的表義符號，而詞彙為語言使用之最小意義單位，漢字形體之生成與變化往往與詞義相涉，故對於「字」的探討，無法完全獨立於「詞」之外，加以佛經概多為翻譯作品，翻譯的概念與手法也影響文字的使用，是以，在探究佛經用字前，宜先概括了解佛經詞彙。故此於探究用字之前，先概略了解具有表意功能的詞。

一、漢文佛經之詞彙特色

大體而言，佛經內容雖源於漢土之外，但為能通行於漢土，譯者仍主要採用漢語中之既有詞彙以表義，惟畢竟為異質文化之銜接，如對比於漢土既有文獻，漢文佛經仍呈現出特有之詞彙特色，略可歸納如下：

（一）有大量的外來語及音譯詞

漢文佛經主要譯自梵文經書，在將源語言（梵語）重新編碼成目標語言

（漢語）時，譯者雖儘量採用漢語中既有語彙，使教義較易傳播，惟因畢竟為來自異域之文化及語言，勢必然遇到於現成語言中無對等詞語可用之情形，則須創製新語彙，以適切傳達原文經書中之義涵。至於創製之方式，或仍採義譯為手段，取用漢語中既有單詞，組合成佛經專用之複詞；惟倘遇前文述及之玄奘大師所云「五種不翻」（秘密故、含多義故、此無故、順古故、生善故）情形，則或改採音譯為手段，依梵語發音，借用漢語中之近音字記錄詞語音讀。這些新創製之語彙，無論是義譯或音譯詞，相對於既有漢語均為外來語，其中占了極大比率的複音詞，也為原多以單詞表義之漢語注入了新的元素。

（二）有較多的口語詞

佛經音義所收詞語，均來自於書面典籍。儒家經典概多用典雅之語，注解儒家經典之工具書，自多收錄正式場合所用之典雅用語。佛教經典於漢譯時，為使經典所載佛法廣為流傳，在義譯詞部分，或採用對於一般庶民而言更為親切也更易理解的口頭用語，這些用語便如實反映至佛經音義所收條目。

（三）有大量的複音詞

漢字有藉形表義的特質，也就是說，一個字往往便是一個可表義的詞。上古漢語以單字詞之使用為主，佛經中卻多見雙音節詞，促使漢語出單音節走向複音節詞，此一詞形特色也反映在佛經音義中。竺師家寧並觀察到佛經詞彙之構詞有以下特殊性：

> 我們在佛經的資料當中，看到動補結構大量地興起。研究語法的都認為這種動補結構是一種比較晚起的結構，……這種現象是到中古的佛經裡面才大量出現。在佛經裡面，早期的構詞狀況，我們也會發現，有一種很特殊的現象。就是一個詞可以逆序，把次序倒過來。AB 會變成 BA，非常地普遍。那也反映了雙音化的一個早期現象。〔註39〕

（四）常見同名異形詞

各部佛經之譯者未必相同，自南北朝起，更是走向集體翻譯，由官方設立

〔註39〕竺家寧〈佛經語言研究綜述──詞彙篇〉（《佛教圖書館館刊》第四十四期，2006年12月）。

譯場，聘請高僧主持多人參與的翻譯工作，如鳩摩羅什所主持之長安譯場，參與工作者據傳多達八百人，在如此的狀況下，難免有一梵文詞卻有多種翻譯之現象，又即便爲一人所譯之同部佛經，也可能因未能前後照應而有相同現象，於是形成同名異詞。葉宣模先生分析《大智度論》云：「同一名相使用的翻譯詞彙前後不統一的問題上，包括人名、經名、地名、佛法術語等。同一部經名或同一個人名，可以有多達七種的譯法。」〔註40〕葉先生並舉出中同名異譯的詞語二十七組，觀其列舉，概可分爲：

　　1、一名異音譯，如：阿蘭若、阿練若；悉達陀、悉達多。

　　2、一名異義譯，如：眞知識、善知識；燃燈佛、然燈佛、定光佛、錠光佛。

　　3、一名兼見音譯及義譯，如：溫和拘舍羅、方便；鳩摩羅伽地、童眞地。

二、漢文佛經之用字特色

　　由漢文佛經詞彙論及詞彙用字，翻譯時採用既有漢語詞彙與否，影響了用字的傳承與創新；大量的音譯外來語，則見大量取其音而不論形義之用字類型；採用庶民語言的詞彙選擇觀點，則相應產生包容俗字的用字態度。此外，佛經載錄宗教精義，僧人及信徒或爲傳播教義，或爲修行參悟，或爲累積功德，大量抄寫佛經，其間難免誤謄、訛寫，導致佛經予人訛字繁累的印象。承上述，探討佛經用字，可由傳承字、新造字、俗寫字、訛寫字幾項綜論其用字概況。

（一）傳承字

　　一個字生成以後，歷經書體的轉換書寫形式的改變以及眾人長時間的使用，字形、字音、字義都會產生變化，在字形變化的各種類型中，有一群字可稱之爲「傳承字」，指歷史上相傳使用的文字，具有正統、主流之意味，而它之所以能取得如此地位，是因爲這群字的演變是系統性、整體性、規律性、全面性的，而不同字體或書體的歷時轉換是變化之主要肇因，諸如篆體轉隸體時筆畫由圓變直（米→木、羊→羊），篆體與隸體、楷書與草書等轉化時之筆畫簡化（替→曹→曹），這些變化不是因爲個人習慣或書寫疏失，而是

〔註40〕葉宣模《舊譯漢傳佛教論典翻譯品質評論之研究——以《大智度論》與《中邊分別論》爲主》（碩士學位論文，宜蘭；佛光大學，2009 年）。

循著一定的軌跡，是有理據的，所以，無論是文字學家整理文字時之正字選擇，或是官方規範用字時之標準字體訂定，大致均在傳承字範圍之內。

漢文佛經當中也可見大量的傳承字，惟經細究，運用之深淺程度有所不同，其中有部分其實僅借用傳承字的字形，然後另外賦予不同的字義，茲分述如下：

1、採用傳承字形且未改其音、義

佛經漢譯時，義譯是常用的翻譯方式。譯者挑選與原文詞義相應的漢語詞彙進行對譯，再採用傳承字形形諸文字，如此以漢土既有語言、正統文字傳述新的文化思想，對於漢土人士來說，較爲容易接受與理解，有助於佛教教義的傳播。觀察以佛經爲收詞對象的《玄應音義》〔註41〕，其中如「驚駭」、「孤煢」、「聾瞶」這一類的詞，是我們熟悉的漢語詞彙，用字也是在傳統儒家經典中常見的形體，並且在《玄應音義》中占有極大的比例。據此，當可推知，常謂佛經中有大量俗字，此或大致集中於寫本，故於以寫本佛經爲收字對象之《龍龕手鑑》中較常見；又或係相對於以使用傳承字爲原則之儒家經典而言。若就《玄應音義》反映之佛經用字情形，採用傳承字形且未改其既有音、義，當亦爲佛經用字主要類型之一。

2、採用傳承字字形，未改其聲但另賦新義

（1）音譯詞用字

這類用字的產生，因緣於外文佛經中無法義譯的部分。梁啓超先生對於佛經漢譯曾說到：「翻譯之漢語，則容所含之義，差之毫厘，即謬以千里。折衷兩者，最費苦心。」〔註42〕並提及玄奘翻譯理論中之「五種不翻」：「一、秘密故，如『陀羅尼』。二、含多義故，如『薄伽』。三、此無故，如『閻浮樹』。四、順古故，如『阿耨菩提』。五、生善故，如『般若』。」此所謂「不翻」並非省略，而是採音譯方式對譯，貝體而言，此「五種不翻」爲下列五種情形：

A、義涵幽微的佛教密語：如「陀羅尼」，梵語音 dharani，指一串幫

〔註41〕唐・釋玄應著／清・莊炘、錢坫、孫星衍校《一切經音義》（海山仙館叢書版影印本），上海：商務印書館，1936 年。

〔註42〕梁啓超〈佛經之翻譯〉（梁啓超，《佛學研究十八篇》，天津：天津古籍出版社，2005年）。

助記憶的語言或聲音，一般認為它具有神祕的力量，使持誦者獲得功德和對佛法不忘的作用。

B、具有多種含義之詞：如「薄伽梵」，梵語音 bhagavan，含自在、熾盛、端嚴、名稱、吉祥、尊貴六種義涵。

C、漢土所無之事物：如「閻浮樹」，「閻浮」梵語音 jambu，主要生長於南亞，相傳釋迦牟尼即於此樹下沉思後決定出家。

D、沿用既有之音譯詞：如「阿耨多羅」雖亦可義譯為「無上、最殊勝」，惟東漢以來之譯經，均對照梵語音（anuttara）採用音譯，此類型則維繫前人規式。

E、音譯形式較能引人敬重之詞：如「般若」，雖可義譯為「智慧」，惟此詞過於平凡，故對照梵語音（prajna）採用音譯。〔註43〕

無論是何等情況，這類音譯詞雖採漢字主流之傳承字，惟割捨了其所載之義，另組合為既有漢語中未見之新詞，並賦予新義，形成佛教領域之專用語彙，另因漢語中之同音字為數不少，故此類音譯詞或見多形，亦為特色之一，如「陀羅尼」又作「陀羅那」、「陀鄰尼」〔註44〕。

（2）義譯詞假借用字

有部分詞彙係採義譯方式對譯，惟於義譯詞外，又見採用同音通假字生成之異形詞，如《玄應音義》〔註45〕「𥦗觀」、「瞖目」條下可見說解：

𥦗，窗也。《蒼頡篇》：窔，小空也。經文有從手作「撩」，或從木作「橑」，二形並非今用也。（《玄應音義・卷一・《大方廣佛華嚴》・第四卷・𥦗觀》）

《韻集》作「瞖」，……目病也。《說文》：目病生翳也，並作翳，《韻集》作「瞖」，近字也，經文有作「曀」，陰而風曰「曀」，「曀」非此義也。（《玄應音義・卷一・《大方廣佛華嚴》・第五卷・瞖目》）

〔註43〕「陀羅尼」、「薄伽梵」、「阿耨多羅」、「般若」之釋概參考教育部《重編國語辭典修訂本》（臺灣學術網路第五版試用版）。（檢索日期：2016 年 10 月 10 日）

〔註44〕丁福保《佛學大辭典》（《佛學辭典集成》電子版，美・佛教會佛教電腦資訊庫功德會）「陀羅尼」條。

〔註45〕唐・釋玄應著／清・莊炘、錢坫、孫星衍校《一切經音義》（海山仙館叢書版影印本），上海：商務印書館，1936 年。

第一例「經文有從手作『撩』，或從木作『橑』」句中之「撩」、「橑」係借用為「𡧫」（寮）字，第二例「經文有作『曀』」句中之「曀」當係借為「翳」字。此類情形雖亦僅取用傳承字之形、音，惟其字音與梵文音無涉，故不可與音譯用字混為一談。

3、採用傳承字字形，未改其聲，義則另作引申

佛經內容中含有不少佛教領域之特見名物，在漢語中勢必找不到現成詞彙可貼切對譯，此時，雖可採用音譯為手段，但音譯詞僅能表音，未能表義，於漢文佛經中若有大量音譯詞，將使理解之困難度大為提高。或因如此，於譯者所採用字中，有一種類型似乎無法逕以義譯詞或音譯詞稱之。這類譯字之原義與所指佛經用義雖有疊合，卻又未盡貼切；其字音或源於原文梵詞，但略能表義，與一般音譯詞之特性又略見差異。筆者以為，此類型係以義譯為基本原則選擇用字，惟因用於指稱佛教領域特有名物，故發展、轉變出佛教專用字義，如：

（1）袈、裟：「袈裟」原作「毠𣰆」，指毛衣，後見更替形符之詞形「袈裟」，佛經中用「袈裟」一詞，亦指衣物，惟專用於指出家人的法衣，係梵語 kasaya 之譯。

（2）寺：《說文解字‧寸部》「寺」字：「廷也。有法度者也。」原指官舍、官署，佛經中則用以指佛教廟宇。據《羅壁志餘》等文獻記載，係因漢代所設鴻臚寺曾接待西域僧人，僧人另建其他居處後仍以「寺」為名，此為僧寺之始。

（二）專造字

佛經漢譯的過程中，翻譯者在挑選用字時，通常優先擇用與原文音近且又能表義者，若無法兼顧，則或採義譯，於漢語現有詞彙中挑選意義對等者。上述做法，皆為降低佛經於漢土傳播之阻滯，惟佛教畢竟源於文化、語言大不相同之異域，其中勢必包含漢土所無之概念、漢語所無之對等字詞，遇此情形時，音譯是一種可採取的手段，但音譯詞僅能呈現梵語原音，無法傳述詞義，如梵語 Para 原或音譯為「波羅」〔註46〕，bhiksu 音譯為「比丘」，讀者初見時必無法見詞知義，自然造成佛經閱讀的障礙，是以，又另見為佛經而

〔註46〕「波羅」後另見義譯作「彼岸」，「波羅蜜」則見義譯作「到彼岸」。

特製新字之翻譯手段。此類新製字形，常見以六書中之形聲方式生成，以聲符寄梵音，且因應漢字單音性質，僅取多音節中之其一，如：

1、梵

《說文解字·新附·木部》「梵」字：「出自西域釋書，未詳意義。」此字當即源自梵語 brahma，寄音於偏旁「凡」，佛經中用於指「古印度思想中的世界創造原理」〔註47〕。

2、僧

《說文解字·新附·人部》「僧」字：「浮屠道人也。」明顯為佛教專用字，係源於梵語 samgha，寄音於偏旁「曾」，原指四人以上的僧團〔註48〕，今則可用於指個體。

3、塔

《說文解字·新附·土部》「塔」字：「西域浮屠也。」亦為佛教專用字，係源於梵語 tupa，寄音於偏旁「荅」，用於指佛塔。

〔註47〕教育部《重編國語辭典修訂本》「梵」字，臺灣學術網路第五版試用版，教育部，105 年 11 月。（瀏覽日期：2016 年 10 月 13 日）

〔註48〕丁福保《佛學大辭典》「僧」：「譯曰和或眾。四人已上之比丘和而為眾。新譯家以為三人已上。智度論三曰：『僧伽，秦言眾。多比丘一處和合，是名僧伽。』僧非可名一人之上。寄歸傳三曰：『凡有書疏往還，題云求寂某乙、小苾芻某乙，（中略）不可言僧某乙。僧是僧伽，目乎大眾，寧容一己輒道四人，西方無此法也。』雖然，僧之一分，則言僧亦無害。僧史略下曰：『若單曰僧，則四人已上方得稱之。今謂分稱為僧，理亦無爽。如萬二千五百人為軍，或單己一人亦稱軍也，僧亦同之。』大乘義章十曰：『僧者外國正音名曰僧伽，此方翻譯名和合，眾行德不乖名之為和，和者非人目之為眾。』行事鈔曰：『四人已上，能御聖法辦得前事名之為僧。僧以和合為義，言和合者有二義：一理和謂證擇滅故。二事和。此別有六義：一戒和同修，二見和同解，三身和同住，四利和同均（均供養之利），五口和無諍，六意和同悅。』行事鈔資持記上一之四曰：『和有六：戒見利三名體和，身口意三名相和。又初果以後名理和，所證同故。內凡以還名事和，即六和也。』義林章六本曰：『三人已上是僧體也，從多論議故。彼國之法：一名為一，二名為身，自三已上皆名為多。如辦法事，四人方成。一人白言，大德僧聽，所和三人得名僧故。若四是僧，豈能白者而自白耶？欲顯和合從多人故，自三已上皆得名僧。』僧伽之比丘最少數，得為羯磨之最少限僧數也。」（《佛學辭典集成》電子版，美·佛教會佛教電腦資訊庫功德會）

這一類的字，有部分在一般用語中或見擴大引申運用，如：「梵」用於指與古印度或佛教相關的，有「梵語」、「梵文」、「梵語」、「梵學」、「梵眾」等詞；「塔」用於指一般的高聳建築，有「燈塔」、「瞭望塔」、「炮塔」、「巴黎鐵塔」等詞。綜論之，佛經用字與傳統漢字是互動的關係，譯者不僅由既有漢語取用現有字形，另還製造新字，並反向地匯入漢語川流中，爲漢語挹注了新的元素。

（三）俗寫字（俗字）

俗寫字，亦即俗字。張涌泉先生說：「（俗字）是漢字史上各個歷史時期與正字相對而言的主要流行於民間的通俗字體。」〔註49〕蔡宗霖先生又進一部細說爲：「寫法有別於官方制定之正字，及經約定俗成（群眾之自覺意識認同）而通行於當時社會，且易隨時、地不同而遞變之簡便字體。」〔註50〕以上二說表達了一致的看法──俗字之「俗」並無鄙俗、粗野義，僅爲說明其與正字的相對位置。而所謂正字，蔡宗霖先生界定爲由「官方制定」者，石雲孫先生則認爲指經史用字，他提到：「諸凡古代經史或《說文》上的字都視爲正字，後出的世俗所行之字被看作俗字。古人對正俗字的使用有講究，不在六經上的字不敢用。」〔註51〕此二說似有不同，其實基本上並無衝突，從歷代字樣樹立情況觀之，當官方未明定字體規範時，經史用字確實具有引導作用，又或者官方所制定正字即依循經史用字，此於本文第二章第二節論述字樣觀時，已見說明。如以正字、異體字概念論之，無論從形體或時間概念切入，俗字均可涵蓋於異體字範疇之下。就形體論，異體字與俗字相同，皆位居與正字相對之位置；就時間論，廣義的正、異體字關係可以是歷時的，我們可以立足於今之正字標準，將過去文獻中所見用法相同之異形字體視爲異體字，但正、俗字之關係則必須是共時的，當兩者在同一個時間斷代均爲人們習用字體時，方能有正、俗字之定位。

惟正字與俗字之身分可能隨時而異，不同時代各有其正字標準，也就各

〔註49〕張涌泉《敦煌俗字研究》，上海：上海教育出版社，1996 年。

〔註50〕蔡宗霖《敦煌漢文寫卷俗字及其現象》，臺北：文津出版社，2002 年。

〔註51〕石雲孫〈論俗字〉，《安慶師範學院學報（社會科學版）》第 1 期，安慶：安慶師範學院，2000 年。

有其所認定的俗字，今時正字改易爲明日俗字之情況，亦時有見，以今教育部標準字表所訂正字「夙」爲例：許愼《說文解字》正篆作「𡖊」，後見左右結構變易爲內外作「夙」者，《干祿字書》：「夙夙，上俗下正。」《玉篇》以「夙」爲字頭，其下附列《說文》字形「𡖊」，《六書正譌》則以「𡖊」爲正字，下云：「俗作夙」。由此可見，正字與俗字的定位並非穩固不變的，初始時，或以本形、經典用字爲正，後起的、流行於民間者則爲俗，其後之正、俗定位，便隨著每個時代的正字選擇而或有互易。

大抵而言，俗字之「俗」，主要標誌著相對於正字、約定俗成等特質，係眾人習用的字體，唯因非屬規範字，故以非正式文書爲主要用字場域，即如唐代顏元孫於《干祿字書·序》所云：「所謂俗者，例皆淺近，唯籍帳文案券契藥方，非涉雅言，用亦無爽。」多用於私人文書。然而，記載精微佛法、教義之漢文佛經，雖非屬「籍帳文案券契藥方」之類的私人文書，何以亦充斥非屬規範字體之俗寫字，推測有以下原因：

1、佛經編寫者刻意擇用民間習用字體，使常民可解，以利佛法廣布

「親民」是佛教語言的極大特色，表現在詞彙上，竺師家寧曾評述其「口語性高」：

> 佛陀以前在說法的時候，曾經有人問過他，說佛法這麼莊嚴神聖，我們傳播佛法，是不是要用典雅的梵文來傳播？佛陀說不是！不是！我們要用通俗的方言俗語來傳播佛法！這樣的教訓，在佛經翻譯爲中文的時候，秉承了這樣的精神，使用當時最通俗的口語、最通俗的漢語的詞彙來翻譯佛經。〔註52〕

其實，爲使普羅大眾能夠輕鬆閱讀佛經，漢譯佛經內容之通俗化不僅呈現於對譯時選用的詞彙，在用字選擇上亦採相同標準，故於儒家經典中難得一見的民間習用俗字，於佛經中大量出現。

2、佛經抄錄者依循個人書寫習慣，採用慣常使用的俗寫字體

在不同的時代，傳統漢文佛經因應不同形式載體，而有石刻、手寫、雕版印刷等不同的「書寫」模式。其中雕版印刷於北宋年間始見，在此之前，

〔註52〕竺家寧〈佛經語言研究綜述——詞彙篇〉（《佛教圖書館館刊》第四十四期，2006年12月）。

石刻與手寫則爲主要模式，其中手寫之法較石刻更爲便捷，故產量最多，據
唐代《開元釋教錄》〔註53〕之載錄，至開元年間已有千餘部寫本佛經，數量極
爲亦可觀，是以，其用字情形也就成爲佛經用字之主要類型之一。而就敦煌
遺書中之佛經觀察，寫本佛經之書寫者有僧侶、寫經生、官員、士人、一般
民眾等，個人書寫習慣與語文程度不盡相同，加以手寫字自由度較高，或書
寫時爲求便捷，故寫本佛經中充斥著各式各樣的變體，其中自亦包含已具普
遍性、民間習用之俗體字，如竺師家寧所說：

> 因爲唐代的佛經，幾乎全是寫本，每個人抄經，經過輾轉傳抄，寫
> 的字體未必一樣，字型的規範不是那麼的統一，因此就產生很多的
> 異體字、俗體字。〔註54〕

3、刻書者依個人判斷，保留既有俗字或改用當代俗字

佛經在寫本時期，因手寫之自由度高，書寫字體表現了較多的任意性，進
入刻本時期後，刻書者多爲專業刻工，用字雖然略見趨於統一，惟仍存在許多
的俗寫字，鄭賢章先生提出以下導因：

> 刻本中的俗別字大致來源以下情況：有的是刻書人保留了原來寫本
> 中的俗字的字樣；有的是刻書人用後起的俗字校改寫本中的正字；
> 還有的是刻書人以後起俗字校改寫本中的俗字。〔註55〕

由於俗字之認定，係相應於歷代變動不拘的字樣，依據現今字樣觀點所
認定之佛經俗字，於文獻著作當代卻未必亦爲俗字，惟透過部分傳世之佛經
工具書，確可窺見佛經中正、俗併存之用字狀況。如遼代釋行均所編撰之《龍
龕手鑑》〔註56〕，其收字中可見「㦲」（災）、「疲」（庇）、「𡐦」（窟）等標注
爲「俗」之字形；又如《慧琳音義》「徹過」條下云「俗作撤」，「誼譁」條下
云「俗作喧」，「肴膳」條下云「俗作餚」等，都反映了當時所見佛經之用字
狀態。

〔註53〕唐・釋智昇《開元釋教錄》（《大正新脩大藏經》電子版・第 55 冊，臺北：CBETA
　　　中華電子佛經協會，數位化依據：東京大正新脩大藏經刊行《大正新脩大藏經》）。

〔註54〕竺家寧〈佛經語言研究綜述——音義的研究（上）〉（《佛教圖書館館刊》第四十七
　　　期，2008 年 6 月）。

〔註55〕鄭賢章《《龍龕手鏡》研究》，長沙：湖南師範大學，博士學位論文，2002 年。

〔註56〕遼・釋行均《龍龕手鑑》（臺北：臺灣商務印書館，1966 年）。

（四）訛寫字

佛經中的訛寫現象有兩種情形，一為將原本用字誤讀為形近之他字，一為認知無異但書寫致訛，即書寫者在不自覺的情況下改變文字形體，或增減筆畫，或改益錯畫，或誤移部件，或誤以形體相近之偏旁充之等情形。此處所論訛字，係指後者因書寫所致之訛，故特以「訛寫字」為名。如前文所述，在雕版印刷普及之前，手書為佛經傳抄之主要模式，在抄錄者語文程度不一的情況下，無可避免地產生了許多的訛誤字形，導致佛經中存在大量訛字，成為探討佛經用字時不容忽略的現象。這些訛字在今本佛經中也多已改正，但我們透過一些佛經工具書，仍可以窺見當時的實況。茲以《龍龕手鑑》收錄之「辠」、「皐」、「趾」、「䂣」、「霓」等字為例，並援引教育部《異體字字典》中對於該字形之學者研訂〔註57〕，略為呈現佛經訛誤用字之一二：

1、辠（《龍龕手鑑・卷三・白部》）

《說文解字・网部》：「𠦶，捕魚竹網。從网非。秦以罪為辠。徂賄切。」……按「辠」字下從「辛」，作「幸」者，蓋「辛」之訛誤。

【按】教育部《異體字字典》A03207-008「辠」，李鍌先生研訂說明，對應正字為「罪」。

2、皐（《龍龕手鑑・卷三・白部》）

《說文解字・网部》：「𠦶，捕魚竹網。從网非。秦以罪為辠。」又辛部：「辠，犯法也。從自，從辛。言辠人蹙鼻苦辛之憂。秦以辠似皇字，改為罪。」《龍龕手鑑・自部》：「皐、辠，二同音罪。」按《龍龕手鑑》多俗訛字，作「皐」者，殆亦「辠」之訛變。

【按】教育部《異體字字典》A03207-009「皐」，李鍌先生研訂說明，對應正字為「罪」

3、趾（《龍龕手鑑・卷三・足部》）

《龍龕手鑑・足部》：「趾，正，音止。足也。」上列「趾」字，云：「誤。」……《隸辨・上聲・止韻》引〈華山廟碑〉字作「**趾**」，「趾」

〔註57〕教育部《異體字字典》（臺灣學術網路十一版，臺北：教育部，2004 年）。（瀏覽日期：2016 年 10 月 12 日）

字或由隸體訛變而成。

【按】教育部《異體字字典》A04003-001「趏」，葉鍵得先生研訂說明，對應正字爲「趾」。

4、衈（《龍龕手鑑‧卷一‧而部》）

衄，段注本《說文解字‧血部》云：「鼻出血也。」……《龍龕手鑑‧血部》收「衊」，云「鼻出血也。」又而部收「衈」，云：「俗，女六反。」未出其正體。考血、而形近易訛，慰之異體作慂，或又作慂，是其例。《龍龕手鑑》以「衈」爲俗體，蓋即謂「衄」之俗體也。

【按】教育部《異體字字典》B04454-014「衈」，許錟輝先生研訂說明，對應正字爲「衄」。

5、霓（《龍龕手鑑‧卷二‧雨部》）

「霓」字始見《龍龕手鑑‧雨部》，爲「電」之俗字，《四聲篇海‧雨部》從之，而《字彙補‧雨部》「霓」下曰：「霓字之訛。」審視「霓」之與「電」，一從光，一從包，形音不類，反與「霓」形近，或是誤書也，故《字彙補》之言可信。「電」一誤作「霓」，再誤作「霓」。

【按】教育部《異體字字典》A04474-002「霓」，蔡信發先生研訂說明，對應正字爲「電」。

由以上數例可知，訛誤成其他形近偏旁而變易構件之字形，往往喪失了藉形表義的功能，對比於字構正確的字形，實用價值相對較低，應該逐漸地被淘汰，但在用字實況中，或因書寫者不明就理地傳抄，或因校對者疏忽而未予勘止，部分訛字不斷以訛傳訛，因而形成普遍使用的固定字形，進入上述之「俗寫字」系統，也在漢字字形演變史上形成不容忽視的字群。綜言之，佛經中的訛寫字可分爲兩類：一部分字形爲單一經籍中特有、偶見的用字，今日加以辨識之目的係爲正確理解經書內容；一部分字形已訛用成俗，不但成爲民間習用之俗寫字體，甚至在本字以外歧衍出另一條字形演變脈絡，產生更多的異體字形，今日加以辨識，則除了有助於佛經內容之理解外，並有助於考查部分漢字之演變、孳乳歷程。

第三節　漢文佛經之異文與異體字

異體字的發現，常常是比勘整理同一文獻的不同版本，從中篩選出異文，然後再擷取包含於其中的異體字。佛教為一擁有眾多信徒之宗教，且信仰者上至九五之尊，下至平凡庶民，相較於如儒家那樣以士人為主的學術派別，它的影響力相對地寬泛，佛經亦所以廣為流布，一經多本是普遍的現象，而經過大量的抄錄、翻刻，異文也就大量出現，因此，「異文」是佛經文字研究中常見的課題。而「異文」與本文專論之「異體字」為不同概念，但兩者又有重疊，此應先作釐清。

一、「異文」與「異體字」之區辨

所謂「異文」，徐富昌先生概括云：「『典籍異文』就廣義而言，亦可指『版本異文』。」〔註58〕基本上，一部文獻經過複製後，相同內容在不同版本中，勢必可見差異用字，此差異之發生，或為複製方法所造成的全面性筆畫變異，或為複製者有意校正原版本用字，或為複製者疏誤而造成訛寫，抄錄者以個人習慣用字或當時流行用字取代原版字形。此種種差異，學者們因對於異文定義之廣狹不同，納入異文範圍者亦隨之不同。參考徐富昌先生〈典籍異文之鑒別與運用——以簡帛本與今本《老子》為例〉一文之歸納，採狹義者或如黃沛榮先生，僅異體字與通假字納入異文範圍；採廣義者或如蔡主賓先生，則以為將不同版本與所定底本加以比對，「凡異其文，或字型不同者，皆視為異文」。〔註59〕景盛軒先生〈試論敦煌佛經異文研究的價值和意義——以《大般涅槃經》為例〉一文則區分「文字學意義上的異文」、「校勘學意義上的異文」兩種異文類型，筆者以為此說具有包容性且層次分明，而「異體字」當屬二種類型中之前者。惟無論是文字學意義上的，或是校勘學意義上的，「異文」之「異」必然見於不同版本之比對，「異體字」則亦可見於同一版本中。

歸結上述，此採較廣之「異文」定義，概說「異體字」與「異文」之同異

〔註58〕徐富昌〈典籍異文之鑒別與運用——以簡帛本與今本《老子》為例〉（葉國良、鄭吉雄、徐富昌編，《出土文獻研究方法論文集初集》，臺北；國立臺灣大學出版中心，2005年）。

〔註59〕此處黃沛榮先生、蔡主賓先生之說法，係引自徐富昌〈典籍異文之鑒別與運用——以簡帛本與今本《老子》為例〉一文。

如下：

（一）「異文」與「異體字」之「異」均指用字差異。「異文」爲相同內容在不同版本中之用字有所差異；「異體字」則爲一個字在不同用字處之字形有所差異。

（二）「異文」的範圍大於「異體字」。「異文」類型包含不同用字、一字異形；「異體字」主要爲一字異形。

（三）「異文」之「異」爲客觀描述，「異體字」之「異」則或爲主觀認定。「異文」之「異」，純粹描述相同內容於不同版本中之不同用字、一字異形；「異體字」之「異」則有不同階段的意義，在一字多形未經整理階段，係描述字形的不同，在整理後的階段，則指相對於正體字的不同字形。由於正體字出自文字整理者之認知，故略帶主觀價值。

以上分別是屬概念層面的區辨，本論文應聚集於異體字之探討，惟於實際操作上，異體字之蒐集仍須透過異文篩選爲途徑，故異文間各類字際關係之釐析當爲首要工作。

二、「異文」之字際關係類型歸納

經查相關資料，鄒偉林先生業以西晉竺法護的譯經爲對象，並利用日本《大正新脩大藏經》附注之《高麗藏》（再雕本）、宋刻《資福藏》、元刻《普寧藏》、明刻《嘉興藏》、日本正倉院聖語藏本對勘所得異文，歸納出幾種異文字際關係類型[註60]，可作爲本文之重要參考，茲摘要鄒先生之說如下：

（一）異體字

採用裘錫圭先生的「廣義異體字」爲定義，凡意義相同而外形不同者均可視爲異體字，彼此間之用法全部相同或部分相同，其中包含相對於正字之俗字（在民間使用既久，逐步得到社會公認，得以廣泛通行），如：俙／惓、床／牀、渾／𤃩、腨／踹，鄒先生對「俙／惓」之說明爲：

「若有法會，輒往聽經，不以厭惓。」（《生經》卷 4，p094，c15）

宋、元、明本「惓」作「俙」，意思是「疲勞；勞累」，「惓」與「俙」

〔註60〕鄒偉林〈漢文佛經異文字際關係考〉（《湖南科技學院學報》第 3 卷第 3 期，永州市：湖南科技學院，2016 年。

・201・

形符構件有異，音義全同。《說文》：「倦，罷也。从人，卷聲。」
徐鍇《說文解字繫傳》：「罷，疲字也。」朱駿聲《說文通訓定聲》：
「倦字亦作勌，作惓。」惓、倦，在「疲勞；勞累」這一意義上，
是一字異體的關係，「惓」，作逵切，還有危殆、悶、回顧等義項；
又作逵員切，有忠謹；懇切之義。惓、倦，屬於部分用法相同的異
體字。

惟觀鄒先生之異文分類，其餘的古今字、通假字、同源字、正訛字實亦同樣具
備「音義相同而字形不同」之性質，而依其所舉字例，劃歸於「異體」者，當
可歸納出——異體關係之二字形體必須具有換旁、增旁之異構關係，又或具有
因筆畫增減、變形等形成的異寫關係。

（二）古今字

古今字指記錄同一個詞的不同字，且此不同字產生於不同時代。爲與異
體字、通假字區別，並爲強調古今字本質爲文字的孳乳與分化，又特別限定
古今字爲兩者用法部分相同者，今字僅對應古字之部分義項。在佛經異文中，
古今字極爲常見，可歸納爲三種類型：

1、古字表本義，今字表引申義，如：解／懈、道／導、坐、座。

2、古字表引申義，今字表本義，如：昌／倡、閒／間。

3、古字表本義，今字表假借義，如：到／倒、利／痢。

鄒先生認爲「其中尤以古字表假借義、今字表本義的一類在翻譯佛經異
文中最值得注意」，並列舉「栴／旃」、「加／跏」二組字爲例，對後者之說明
爲：

> 「觀菩薩形猶如須彌，結加趺坐加敬歸命。」（《普曜經》卷4，p509，
> a05）宋、元、明、聖本「加」作「跏」，丁福保《佛教大辭典》：「結
> 加趺於左右髀上而坐也。（跏字，添足者，所謂蛇足也。）」故「跏
> 趺」原本寫作「加」，後因受「趺」的影響而累加「足」旁，寫成
> 「跏」，加、跏爲古今字。

此外，另有較特殊的一類，是在佛經漢譯過程中，先作音譯，後有專造字，故
形成古今用字不同的情形，如「師／獅」、「留／榴」、「科斗／蝌蚪」。

（三）通假字

此謂通假，包含文字學上「本無其字」、「本有其字」的通假，通假之本字與借字音同或音近，二字之間沒有形義上的必然聯繫。在佛經異文中，通假字亦極爲常見，可歸納爲二種類型：

1、形聲字聲符相同的通假字，如：以「增」（增害）表「憎」。

2、形聲字與其聲符相通的通假字，如：以「定」（定光佛）表「錠」，以「烈」（行烈）表「列」。

3、具有形近關係的通假字，如：以「順」（順所緣誼）表「愼」。

茲以鄒先生對「勿／物」一組的說明呈現其觀點：

> 「其間純生優鉢羅花，鉢頭摩花。」（《長阿含經》卷 18，p115，c07）宋、元、明本「勿」作「物」，俞樾《群經平議．大戴禮記二》：「勿，讀爲物，古字通用。」勿，《說文》：「勿，州里所建旗，象其柄，有三游。雜帛，幅半異。所以趣民，故遽稱勿勿。㫚，勿或从㫃。」段玉裁注：「經傳多作物，蓋㫚之訛也。」而假借「勿」爲「毋」字。物，《說文》：「物，萬物也。牛爲大物，天地之數，起於牽牛，故从牛，勿聲。」按「物」之本義爲雜毛牛。勿、物音同義不通，故爲通假關係。

（四）同源字

採取王力先生《同源字典》中所提概念。具有同源關係者，字義以相同概念爲中心，字音則或同，或有小異，如「廣／曠」，鄒先生說明如下：

> 「此閻浮提所有名曰土沃野豐，多出珍寶，林水清淨，平水之處，輪則周行。」（《長阿含經》卷 18，p119，c11）宋、元、明本「廣」作「曠」。《說文》：「廣，殿之大屋，从广，黄聲。」廣，由「四周沒有墻壁的大屋」，引申表示「指規模、範圍、程度等超過一般。」《說文》：「曠，明也。从日，廣聲。」曠，由「明白；明朗；明亮」引申表示「空曠；開闊」。廣，古晃切，見母蕩韻。曠，苦謗切，溪母宕韻，見溪旁紐。《廣韻》：「廣，闊也。」《史記．賈生列傳》：「乃爲賦以自廣。」索隱：「廣，猶寬也。」《老子》第十五章：「曠兮其若谷。」注：「曠者，寬大。」《漢書．鄒陽傳》：「獨觀乎昭曠

之道也。」顏師古曰：「曠，廣也。」曠、廣音近義通，乃屬同源
關係。

惟鄒先生也特別強調，並非所有音近義同的字都能視爲同源字，如「解至空
無，皆爲怳惚」（《佛說聖法印經》卷 1，p500，a07）中的「怳惚」，「怳」在
其他版本作「恍」，據《說文》考「怳」、「恍」本義。分爲「狂之貌」、「模糊、
迷離」，並非相同概念，「怳」、「恍」之模糊義用法係屬後起引申義，故知「怳」、
「恍」非屬同源字。係部分意義相同的同義詞。

（五）正訛字

此所謂訛字係採張涌泉先生的觀點，係指「書寫訛變形成的字體」，且屬
於偶見的失誤，並未形成習慣性的寫法。這樣的訛誤字在佛經文獻中大量存
在，又可歸納爲「音誤字」、「形誤字」二類，後者情況又較多。音誤字，因
音近而誤，如：「軒窗門戶雕文棚閣嚴飾巍巍」（《普曜經》卷 1，p484，b24）
之「棚」於宋本訛作「閞」；形誤字，因形近而誤，如：「尊醫曉諸種，授藥
建療治」（《普曜經》卷 1，p484，b24）之「建」當爲「逮」之訛，「慈灯見
哀勛，梵音聲柔軟」（《普曜經》卷 2，p496，b26）之「灯（鐙))」於宋、元、
明、宮本均訛作「鎧」，「普淨世界神妙豐熾安隱，五谷卒賤自然無價」（《大
寶積經》卷 12，p068，a13）之「卒（乎）」當爲「平」之訛。以上「棚＼閞」、
「逮＼建」、「鐙（灯）＼鎧」、「平＼卒」皆屬正訛字。

三、各類型「異文」與本文所定義「異體字」之關係

鄒偉林先生對於佛經異文字際關係之歸納，有異體字、古今字、通假字、
同源字、正訛字五類，異體字爲其中一個類型，換句話說，另四類則非異體字。
異體字之定義目前並無定論，不同學者之認定或寬或狹，鄒先生對於「異體字」
與「非異體字」之區隔權爲一說，惟其對於佛經異文字際關係之整理，使異體
整理時將面對的問題類型更爲具體，提供了預爲思考的明確切入點。

本論文第二章辨析「異體字」定義時，已確立本文所論「異體字」係採
相對於正字之概念，具體定義爲——**與正字具有共同字用功能，且具有字形
變異、孳乳關係者**。以此定義檢驗鄒先生之五種異文類型，其中「異體字」
當無疑可納入本論文異體範疇；「同源字」爲字義具有相同概念，字音或同或

小異者，未符異體字音義全同之基本概念，自然可予以排除；「通假字」與「古今字」，本文已特作探討，以為通假字屬用字層面之聯繫，字形間並無變異或孳乳關係，故排除於異體字範疇之外，對於古今字則以歷時異體之概念加以含納；至於「正訛字」，其中形訛者似符合異體定義，惟依鄒先生之說，此屬「偶見失誤」，即便收錄於字典中，其參考價值不高，故當亦可排除。

歸納上述，鄒先生之五種異文類型與本文定義異體字之相應關係如下：

〔圖表〕31：本文定義異體字與鄒偉林先生異文關係圖

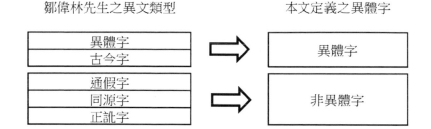

以此觀之，在面對佛經文獻異文時，當已可從中明確篩選出本文所認定之異體字，惟進一步推敲，在字典編輯之執行層面仍存有灰色地帶，為避免不同編輯者態度不一，或須以訂定明確編輯原則為解決手段。尚存問題如下：

（一）異體字中異寫字之收錄範圍

就異體字形體差異角度切入分析，可區別為異構字、異寫字兩個大類。根據王寧先生提出的定義，異構字構件選用、構件數量、構件功能等至少有一項存在差別的一組字，如：趁（趂）、猪（豬）、唇（脣）、床（牀）、蛇（虵）；異寫字為同一個字因寫法不同而造成的形體差異，例如：删（刪）、冉（冄）、厮（廝）。簡單來說，所謂異構字是指構件有異，異寫字則為筆畫有異。前者之差異性較大，基本上可全數納入異體字收錄範圍，異寫字部分則或有形體差異較大者（如「冉」與「冄」），或有筆畫小異（如「删」與「刪」）或點畫稍虧者（如「厮」與「廝」），如全數加以收錄，數量當十分龐大，又部分形體之變異並不影響文字識知，似亦無收錄之必要性。此外，於寫本文獻中有部分手寫字因筆畫過於自由，筆畫難定，如於敦煌寫卷 S.388 可見「咸」寫作「戚」，「眇」寫作「眇」，「分」寫作「今」，「悅」寫作「悅」，「祛」寫作「祛」，此類形體是否有收錄必要？如予收錄，筆畫又當如何定型？均為字典收字時必須

釐清的問題。

（二）「正訛字」與「異體字」之界隔

鄒先生定義「正訛字」爲「書寫訛變形成的字體」，且屬於偶見的失誤，並未形成習慣性的寫法，包含形近而訛、音同而訛，與異體字分爲不同範疇。曾榮汾先生論異體成因時則云：「絕大部分都是因爲字形衍訛成俗而成。」〔註61〕承上，形訛字成俗者爲異體字，未成俗者爲正訛字，此一劃分在學界大致有共識，惟其辨識實非易事，如鄒先生所列舉的「逮＼建」一組正訛字，查教育部《異體字字典》「建」收有異體字「逮」、「逮」，均源於碑刻字，顯見「逮」、「建」二形之牽連爲「偶見失誤」，亦或爲「衍訛成俗」？其劃分並非易事，也將是在面對形訛字關係界定時將面臨的難關。

上述當非概念性的問題，而係涉及字典編輯收納字形之態度寬嚴，不同編輯者或有不同決定，故待後續「漢文佛經異體字字典編輯規劃」章節時再作探討。

第四節　漢文佛經用字之正字選擇

本論文第二章辨析「異體字」定義時，已說明本文所論「異體字」係採相對於正字之概念，具體定義爲——**與正字具有共同字用功能，且具有字形變異、孳乳關係者**。然而，就文獻中所見具有相同字用之字群而言，不同字形間並不存在正字與異體字的對立關係，所謂正字、異體字，實爲經過系統性整理後之區隔。簡單來說，一字多形是文獻用字的現象，正字與異體字區隔則是文獻用字整理的結果。但是，究竟爲什麼要在文字間建立如此的對立關係？此一整理有何意義及必要性？本論文於前一章節已就漢文佛經用字概況作一探討，在進入後續用字整理之異體字主題前，則將先行揭示探究此一課題之價值。

一、正、異體字整理之價值

此所謂「正、異體字整理」，係指彙聚文獻中具有共同字用功能的不同字

〔註61〕　曾榮汾〈正異體字筆畫比較研究法的析介〉（《辭典學論文集 1987-2004》，臺北：辭典學研究室，2004 年）。

形，歸納為不同字群，並以一固定之準則，於每一字群挑選出一個正字，其他字形也就同時被定位為異體字。對於這樣的整理工作，教育部《異體字字典》編輯委員會的主任委員李鍌先生在序言中大致提示了其肇因及必要性：

> 所謂「異體字」，是指在一個正字標準下，文獻上與此正字同音義而形體有異的字。……文獻上充斥了這些字形，反映了中國文字形體孳乳流變的自由與旁歧的現象。這些現象往往會造成學術資訊傳承的障礙。漢代許慎〈說文解字敘〉說：「文字者，經藝之本，王政之始。前人所以垂後，後人所以識古。」也就是說：文字是用來記錄前人的智慧與經驗而將它傳承下來，如果文字閱讀造成了障礙，前人的智慧與經驗，後人就無法順利吸收。〔註62〕

由以上這段話概可推知，消弭因自由流變字形造成之閱讀障礙，使學術資訊傳承順暢，當為教育部編製《異體字字典》之目的。觀其〈編輯略例〉之量化數據：「本字典總收字為 106,230 字，其中正字 29,892 字，異體字 76,338 字（含待考之附錄字）。」〔註63〕正字與異體字的比例大約是 1：3，亦即每個正字約略帶有 3 個異體字，但就實際的收字狀況觀之，不少正字下並未收錄異體字，常用的、形體複雜的正字則相對有較多的異體字，例如「龍」字下列了 51 個異體字和 3 個附錄字，「龜」字下更列有 104 個異體字和 9 個附錄字，此充分反映了李先生提及之文獻充斥異體字形的現象，且不難想見這紛雜狀況是如何地造成文獻閱讀之困難，亦確實可能斷絕知識之傳遞，是以，正、異體字之聯繫與整理是必要進行的工作。

　　而上述普遍存在於漢文經籍的用字現象，同樣存在於漢文佛經中。尤其佛

〔註62〕　教育部《異體字字典》，臺灣學術網路十二版，臺北：教育部，2012 年。（瀏覽日期：2017 年 1 月 29 日）

〔註63〕　教育部《異體字字典》所收正字主要依據教育部頒訂的 3 個標準字體表，再由文獻中酌收新正字。筆者以為，教育部標準字體表中並非每個字都具備有「正字」的條件，例如正字「汙」、「污」分別源於教育部常用及次常用字體表，惟此二字音義及字用功能完全相同，僅右偏旁之第 3 筆有筆畫曲直及與橫畫或錯或接之異，也就是說，「汙」、「污」是屬於同一個字群的，不宜別立為 2 個獨立正字。在教育部標準字體表中，此組字並非孤例，故若加以重新整理，部分獨立正字或可改作正、異體關係處理，正字數量將稍降，異體字於全典收字之比例則將相對提升。

教僧徒爲傳播教義，以手寫方式大量抄錄佛經，手書之自由與隨意更助長了異體羅布的情形，後晉可洪便曾描述：

> 藏經文字謬誤頻繁，以要言之，不過三種：或有巧於潤色，考義定文，或有妄益偏傍，率情用字；或有此方無體，假借成形；或有書寫筆訛，增減畫點。筆訛則眞俗併施，用乖則句味兼差，令討義者鈍口於天書，俾誦文者躑躅於鳥跡，此皆筆受者肆其胸臆，謄流者弄厥斲毫，遂令坦路變爲兵墟，瓦礫渾其珠玉。〔註64〕

這段話中，可洪歸納了任意「考義定文」、假借、訛寫幾項，大致反映了佛經中異體滋蔓之主要成因，「藏經文字謬誤頻繁」一句中「頻繁」二字，則說明了此異體情形並非偶見，而是不容忽視的佛經用字現象。唐代釋慧琳於所著《一切經音義》「短命」釋義中也曾經喟嘆：

> 前後數處經義合是短字，乃書桓字，殊不相當。察此前文乖錯甚眾，何者？只如依書倚字，族字從手從矣。憺怕並從水作，誤遂書諭諂。辟、僻甚多，不能繁述。此等並是授之土寡學，所以經文質朴，用字乖錯，不可緘言。〔註65〕

根據上述用字狀況，若無視異體，當即無由完整解讀經書內容，是以，整理佛經用字並辨識音義亦屬必要。此外，佛教傳入漢土，其影響層面是極爲全面的，從關係最爲密切的宗教、哲學，乃至於民間習俗、藝術、漢語等，均產生重大影響。從語言文字的角度來看，漢文佛經中的用語爲漢語添加了不少新的詞彙，爲專有詞彙之新造字則添加了新的漢字，即便是援用漢語中既有字詞，也或多或少加以變異而導致字形、詞義之流變。是以，漢文佛經用字整理之價值不僅止於佛教領域層面，另於漢字研究曾面亦有其不可或缺之重要性。

　　具體而言，以聯繫正、異體字之方式整理漢文佛經用字，大抵有以下價值：

　　（一）正、異體字之聯繫，有助於漢文佛經之識讀與校勘。

　　（二）正字標準之樹立，可規範佛教詞彙用字，有助於佛經數位化工作。

　　（三）蒐錄漢文佛經中大量使用的俗字，有助於補充漢字字形。

〔註64〕 西晉・可洪《新集藏經音義隨函錄》（延藏法師主編，《佛學工具書集成》，北京：中國書店，2009 年）之序言。

〔註65〕 唐・釋慧琳《一切經音義・卷一五》（榑桑雛東獅谷白蓮社藏版）。

（四）分析漢文佛經中之異體字形，有助於釐清部分漢字字形發展脈絡。

承上所論，漢文佛經用字整理具有實質與學術層面之意義，如能實踐，對於佛教及漢字研究領域當各有助益，故於後續章節中，將嘗試論述漢文佛經用字之正、異體字分立標準，期能作爲大規模整理佛經用字之基礎。

二、佛經工具書的正字呈現

以區隔正、異體字之方式進行用字整理，首應確立正字標準，正字定而異體出，茫茫字海自能條理爲分明涇渭，故此論用字整理方法，首先聚焦於正字訂定準則。

綜觀今日所見之漢字字形整理著作中，彙整用字實況中的各種字形再予區隔正、異體字是常見的整理方式，部分整理工作非僅爲學術行爲，並另有其特殊的時代意義，如漢代《說文解字》對應著兩漢經學之今古文爭論，唐代《干祿字書》對應著經籍用字之正字運動，但相同的是——雖然這些著作同時兼容正、異體字，其眞正目的則不外乎爲標舉正字，樹立書寫規範，然而，其所樹立之規範似乎又非恆常不變，如《說文解字》以從「丏」之「麪」爲正；《干祿字書》取「麪」爲正，仍從「丏」，但「麥」變爲「麦」；當今我國教育部所訂標準字體，取傳統字、韻書多視爲俗字的「麵」爲正；大陸地區則以「面」爲規範字（此字同時爲「臉面」之「面」）。故知，一個字的正字身分並非「與生俱來」，各種正字字體選擇結果，或根源於學者之學術理念，或根源於爲政者之文字教育用心，又或根源於其他種種特定目的。至於「正字」之內涵，如唐代顏元孫在《干祿字書》的序言描述：「所謂正者，並有憑據，可以施著述、文章、對策、碑碣，將爲允當。」當代《漢語大詞典》詮釋：「正字，字形或拼法符合標準的字。區別於異體字、錯字、別字等。」我國教育部標準字體硏訂原則有「取最合於初形本義者」，上述無論「憑據」、「標準」、「合於初形本義」，實皆大致不離六書理則，換句話說，從東漢至今，歷經近兩千年，即便口說語言產生了巨大的變化，對於語言記錄符號正確性所持標準卻大致未變，而此一標準之基本內涵，可由蔣禮鴻先生對於顏元孫正字觀念之剖析加以體會：

> 所謂正字，從顏元孫的話來看，可以有下列的意義：第一，是「有憑據」，而所謂「憑據」者，實在是「總據《說文》」，就是合於前人

所認識的《說文》裡的六書條例。第二，是不「淺近」，用於高文大
冊，是有學問的文人學士所使用的。第三，在封建社會中，這種統
治階級所使用的「正字」是被認爲合法的、規範的。〔註66〕

縱使《干祿字書》另有「竝正」體例，透露了顏氏對於當代文字使用實況之正
視，在本字過於繁複生僻時，亦不排斥將隸變或隸省後之通俗字體列爲正字，
然則，依歸六書條例仍爲其主要正字概念。而如此的概念，主導了中國傳統士
人的用字觀，多成於士人之手的儒家經籍，自然也就呈現一致的用字方向。

　　本論文雖以漢文佛經爲特定範圍，用字整理工作之途徑當無異於其他經
典之用字整理，首先必須鎖定工作目標，釐定正字選取準則。惟於訂定此一
準則時，則必須考慮到佛經畢竟爲一專門領域，用字或有其特有習慣，又由
於抄經者來自社會各階層，經文中有爲數不少的俗寫字及訛字，漢土既有正
字標準也未必適合用於整理如此繁雜之用字狀況，是以，筆者擬先借鏡於前
人之成果，藉由觀察《一切經音義》、《龍龕手鑑》兩部重要的佛經工具書所
立正字，並由上述之主流正字標準爲切入點，體會及歸納這兩部著作的正字
選擇傾向，作爲本論文論述正字訂定準則之論述基礎。

（一）《一切經音義》之正字呈現

　　《一切經音義》以複音詞爲收錄單位，釋義中可見對於詞彙用字的梳理，
對於正體字的說明，大抵可見兩種類型：一爲釋義中以「正體作」、「正字作」
等術語標誌正字；一爲詞目用字即取編者認可之正字，釋義中則以「作」、「經
文作」、「經作」、「諸經作」、「諸文從某作」、「經文多從某作」等術語另行補充
經文用字。總括來說，本書編者所認定之正字，或見於釋義中，或見於詞目中，
茲列舉數例如下：

舍喃　正體作誦，同。女函反。譯云人也。依字，《埤蒼》：誦，
語聲也。(《玄應音義‧卷九》)

香匳　正字作籢，同。力占反。《說文》：鏡籢也。謂方底者也。
江南有粉匳、香匳、基匳等是也。(《玄應音義‧卷一五》)

〔註66〕蔣禮鴻，〈中國俗文字學研究導言〉(《杭州大學學報》1959 年 03 期，杭州：杭州
大學學報（哲學社會科學版）雜誌編輯部，1959 年 3 月）。

寄停　奇驕反。《字林》：寄，寄也。<u>經文作僑</u>，高也，才也。<u>僑
非正體</u>。（《玄應音義・卷一四》）

驂駕　怱參反。《說文》：駕四馬也。旁馬曰驂，居右爲驂乘者，
備非常也。<u>經作叅，非體也</u>。（《玄應音義・卷七》）

鶼鶼　案《漢書》《食貨志》，此亦翔字，音似羊反。飛而不動曰
翔。翔，佯也，彷徉也。<u>經文從革作鞯，非也</u>。（《玄應音
義・卷六》）

嬲固　又作嬲，諸經作嬈，同。奴了反。嬲，擾戲弄也。嬲，惱
也。《摩登伽經》作擾蠱，謂厭蠱也。<u>經中有作顧，非也</u>。
蠱音古。《字林》音故。（《玄應音義・卷七》）

滋味　古文孖、礠二形，同。子夷反。滋，益也。滋，潤也。<u>經
文從口作嗞</u>。嗞，嗟也。又作孳，似思、子思二反。《說
文》：孳孳，汲汲也。或作孜。《方言》：東楚之間雙生謂
之釐孳。（《玄應音義・卷八》）〔註67〕

　　陳五雲、徐時儀、梁曉虹三位先生透過對《慧琳音義》「正體」相關術語作
了小規模的考查，將其中正體字歸納爲以下八個類型：

1、以《說文》小篆的隸定傳承字爲正體

2、以經典傳承字爲正體

3、以《說文》隸變傳承字爲正體

4、以專名字爲正體

5、以《玉篇》爲正體

6、以後出本字爲正體

7、以《說文》訛體爲正體

8、以借字爲正體〔註68〕

〔註67〕徐時儀《一切經音義（三種校本合刊）》（上海：上海古籍出版社，2008 年）。

〔註68〕陳五雲、徐時儀、梁曉虹〈從慧琳音義中有關「正字」的術語應用看唐代佛經抄
　　　　寫中的用字習俗〉（四川：四川大學，《第二屆中國俗文化國際學術研討會論文集》，
　　　　2007 年）。

王華權先生則認爲：「《一切經音義》中所謂正體字，基本上是以文字學意義上的規範正字爲主體兼及其他作者所認爲之正字所組成的一類字。」其所歸納之正體字則有以下七類：

1、源於古文
2、源於《說文》小篆隸定、隸變字
3、源於《玉篇》等字書收字
4、源於經典傳承字
5、源於早先書寫形式
6、源於跟假借字相對的本字
7、源於後起造字〔註69〕

以上兩式歸納，在項目及描述上稍見差異，但大體來說，都顯示出《一切經音義》所取正字以《說文》及由其傳衍之字形爲主，經典相承者則爲次，其中王先生的歸納又略爲透露「復古」傾向，而在這類正統傳承字以外，「後出本字」等則顯示間或採取習俗用字的做法。此外，劉雅芬先生將《慧琳音義》中之正字字例與《說文》逐一比對，所得結果爲：「遵從《說文》者，共計字222字，佔全部正體字例75%左右，七成以上的比例。如再加上39個雖未列爲正體，但仍見收說文的字例，則比例提升到87.8%。」〔註70〕更是以量化的方式具體顯示《一切經音義》以《說文》爲主要依歸的正字選擇方向。此對照於唐代最具代表的字樣書《干祿字書》，《一切經音義》呈現的正字觀點具有一致趨向，當係該書編纂者深諳漢語音韻文字之學，故能承襲漢土既有的、主流的文字學理觀點。

（二）《龍龕手鑑》之正字呈現

《龍龕手鑑》對於選定的正字，或於字形下標注「正」，又或於釋義中以「正作某」、「正合作某」、「正從某」、「從某正」、「與某同」等術語說明正字字形，茲列舉數例如下：

褉襜二俗襹或作襜正　處占反，—褕蔽膝也。四。（卷一）

捥　俗，烏半反，手—也，正作腕。（卷二）

〔註69〕王華權《《一切經音義》文字研究》（上海：上海人民出版社，2014年），上冊。

〔註70〕劉雅芬《慧琳《一切經音義》異體字研究》（臺南：成功大學，2006年）。

軺軼軺軺　四俗，側救反，正作轣，面—也。（卷三）

奩俗**匲**正　力潛反，香—、鏡—，盛物匣也。二。（卷一）

籢　力塩反，香—也，與匲同。（卷三）

㝯　巨苗反，久寄也，客也，或作僑字。（卷一）

騑　倉全反，—駕。《說文》云：駕二馬，右者曰—也。（卷二）

嫐俗**嬲**正　奴了、尼乙二反，—戲相擾也。二。（卷一）

關於本書之正字訂定，鄭賢章先生基於憑據《說文》之立場，抱持存疑的態度〔註71〕，李常妍先生則認爲此說未必公允，其論述如下：

這樣的說法有些過於絕對化。誠然，《龍龕》中關於「正字」的確定存在著些許局限失準之處，比如說將一組字中並列四個正體，確實讓人費解，需要判斷和分析考證。但是如果就此全然否定《龍龕》中所列「正字」的作用和意義，同樣是不可取的。〔註72〕

李先生接著以量化方式進行分析，首先統計《龍龕》中「明確標有『正』字的一級字頭」有 3,008 組，再將這些正字與《說文》、《玉篇》字頭比對，得出以下結果：

與《說文》楷書字頭完全相對應的有 1220 條，占總量的 40.56%。通過比較分析，我們可以說《龍龕》的正字標準也是「有來源」、「有理據」的，其造字結構是可拆分的，可以說明的。〔註73〕

與《玉篇》貯存的 20534 個字頭（基本不計異體）完全相應的有 1986 組，對應度高達 66.02%。由此可以說，《龍龕》所界定的正字與《玉篇》字頭相合是占主體地位的，由此可以推出《龍龕》正字在傳統繼承和反映現實之間，雖然曾尊重傳統，但更傾於適應當時社會實際。〔註74〕

〔註71〕鄭賢章《《龍龕手鏡》研究》（《魏晉南北朝漢譯佛經語言研究》叢書，長沙市：湖南師範大學出版社，2001 年）。

〔註72〕李常妍《《龍龕手鏡》正字研究》，上海：華東師範大學，碩士論文，2009 年。

〔註73〕李常妍《《龍龕手鏡》正字研究》，上海：華東師範大學，碩士論文，2009 年。

〔註74〕李常妍《《龍龕手鏡》正字研究》，上海：華東師範大學，碩士論文，2009 年。文

在與《玉篇》相應的 1,986 組字中，李先生又另外統計出，其中同時亦見於《說文》者有 1,144 組，未見於《說文》者則有 842 組〔註75〕。根據以上統計，又可綜整《龍龕》3,008 字組之正字類型如下表：

〔圖表〕32：李常妍《《龍龕手鏡》正字研究》之《龍龕手鏡》正字類型列表

統計項＼類型	僅相應於《說文》者	相應於《說文》與《玉篇》者	僅相應於《玉篇》者	未相應於《玉篇》與《說文》者
組數	76	1,144	842	946
比例	2.53%	38.03%	27.99%	31.45%

依上表數據，《龍龕》正字與《說文》字頭相應者占 40.56%（2.53%＋38.03%），也就是承自《說文》者未及半數，此或即鄭賢章先生存疑之故。雖另有近 30%或承續於《玉篇》，但總和來說，仍 30%以上正字的選定標準非承襲於此二典籍，或可推測即如李先生所言為「傾於適應當時社會實際」。事實上，漢字由篆轉隸至楷，字形繁簡及筆畫特色各有不同，加以時代變遷，生活型態改易，語音習慣流變，都會減損文字初形的表義、表音功能，是以，考訂正字時若慮及時宜，「遵古」便未必為最佳途徑，《說文》自然亦非唯一標準，唐代顏元孫於《干祿字書·序》中闡述正字觀時曾云：「若總據《說文》，便下筆多礙。當去泰去甚，使輕重合宜。」大概說明了正字選定時未據《說文》之因。然而，《龍龕》正字雖有順隨時宜而之從俗傾向，仍有 70%左右是依從《說文》、《玉篇》等經典，明顯占有較高比例，大體而言，其正字之擇定，仍是以《說文》一系之經典傳承字為主。

三、佛經工具書的正字選擇

佛經編寫及抄錄者在選擇用字時，或者並不刻意選擇傳承字、俗寫字，甚或無意間造成了訛寫字，但作為佛經工具書的著作者，在整理諸多佛經用字時，則必須先樹立自己的正字標竿，用以挈領、條析一字多形的複雜狀況。然而，所謂「正字」，其實沒有明確的具體內涵。「正字」係相對於「非正字」

中所用以比對之《玉篇》資料，據李先生注文，係採用華東師範大學中國文字研究與應用中心之「《玉篇》知識庫」（2004 年）。

〔註75〕李常妍《《龍龕手鏡》正字研究》，上海：華東師範大學，碩士論文，2009 年。

之稱法，唐代《干祿字書》「具言俗通正三體」〔註76〕句，其中「正字」乃相對於俗字、通字；教育部《異體字字典‧編輯略例》「本字典所稱異體字乃指對應正字的其他寫法」〔註77〕句，其中「正字」則爲相對於異體字。此外，在兩岸所制定的用字規範中，臺灣的「標準字體」（或稱「正體字」）、大陸的「規範字」〔註78〕，亦爲相對概念。無論稱之爲「正字」、「標準字體」、「正體字」或「規範字」（本文概稱「正字」），都是在音義相同的一群字當中，挑選其一作爲書寫之主體，其餘字形自然就成爲客體，亦本文所稱異體字。換句話說，「正字」出自於人爲的指定，「指定者」基於自身的文字學理背景、用字觀點及特有企圖，所樹立之正字標竿或同或異。縱觀歷史軌跡，字、韻書編者樹立正字，多爲文字學理面向之考量；爲政者樹立正字，則或爲建立國民教學、國家考試之用字標準，又或爲宣示政治威權。整合上述二面向之正字訂定，大致可歸納出以下情況：

（一）以小篆前之古文爲正者

（二）依從《說文》所立本形者

（三）依從當代之時宜者

（四）別立新體者（如唐代武則天）

在佛經工具書中，亦呈現不同正字標準之情況。以上述之《玄應音義》與《龍龕手鑑》觀之，兩者雖關係密切，《龍龕手鑑》有不少資料引自《音義》，惟其以寫本漢文佛經作爲字形彙編對象，正字字形之訂定難免受到寫本中大量俗字的影響，未必與《音義》相同，由以下五個字例可略窺一二：

（一）襜、𧞫

襜衣　昌占反。《爾雅》：衣蔽前謂之襜。郭璞云：即今蔽膝也。

　　　言襜襜然前後出也。（《玄應音義》）

〔註76〕詳《干祿字書》（臺北：商務印書館，1965年）之作者自序。

〔註77〕教育部《異體字字典‧編輯說明‧編輯略例》，臺灣學術網路十一版，臺北：教育部，2004年。（瀏覽日期：2016年9月8日）

〔註78〕有關兩岸用字規範，臺灣目前以教育部頒布之《常用國字標準字體表》、《次常用國字標準字體表》、《罕用國字標準字體表》爲準，大陸則以2013年6月5日頒布之《通用規範漢字表》爲準。

裺襜二俗　襝或作　襜正　處占反，—褕蔽膝也。四。（《龍龕手

　　　鑑・卷一》）

【按】《玄應音義》以「襝」爲正字，《龍龕手鑑》以「襜」爲正字。《說文解字》小篆字形作「襜」，右偏旁爲「从言从八从冂」（《說文解字》「詹」字釋義），《玉篇》於「襜」字下云「亦作襝」。《龍龕》既未依《玄應音義》等字書，所取正字形之右偏旁不從「言」，而改從「吉」，考「詹」字形流變，當爲隸變之跡，《龍龕》或係採用當時流行的俗字作爲正體。

（二）皺、皺

　面皺　側救反。謂不襡皺也。經文作縐，借字也。（《一切經音義・

　　　卷七》）

皺皴皺皺　四俗，側救反，正作皺，面—也。（《龍龕手鑑・卷三》）

【按】《玄應音義》以「皺」爲正字，《龍龕手鑑》以「皺」爲正字。此字未見於《說文解字》，《玉篇》則以「皺」爲正字。《龍龕》既未依《玉篇》，亦未依《玄應音義》。考《說文》「芻」小篆字形作「芻」，象包束艸之形，「芻」是比較接近本形的，從二「丑」之形則多見於碑刻及敦煌寫卷，據此推測，《龍龕》是採用當時流行的俗字作爲正體。

（三）籢、匲

　香匲　正字作籢，同。力占反。《說文》：鏡籢也。謂方底者也。

　　　江南有粉匲、香匲、棊匲等是也。（《玄應音義・卷一五》）

奩俗匲正　力潛反，香—、鏡—，盛物匣也。二。（《龍龕手鑑・

　　　卷一》）

　籢　力塩反，香—也，與匲同。（《龍龕手鑑・卷三》）

【按】《玄應音義》以「籢」爲正字，《龍龕手鑑》以「匲」爲正字。《說文解字》小篆字形作「籢」，「匲」則較早見於《干祿字書》云：「奩匲，音連」。承上，此字正字，《玄應音義》係依《說文》，《龍龕手鏡》則取後起字形。

（四）驂、驂

　驂駕　忽參反。《說文》：駕四馬也。旁馬曰驂，居右爲驂乘者，

備非常也。<u>經作夅，非體也</u>。（《玄應音義・卷七》）

騘　倉全反，一駕。《說文》云：駕二馬，右者曰一也。（《龍龕手
　　　鑑・卷二》）

【按】《玄應音義》以「騌」爲正字，《龍龕手鏡》以「騘」爲正字。《說
文解字》本字爲「騌」，右偏旁末三筆之楷書筆畫當作撇筆，《玉篇》作「騌」。
《龍龕手鏡》所取字形，右偏旁之下半作「小」形，當爲隸變之跡，或爲當
時流行的俗寫。

（五）嬲、嫐

嬲固　又作嫐，諸經作嬈，同。奴了反。嬲，擾戲弄也。嫐，惱也。
　　　《摩登伽經》作擾蠱，謂厭蠱也。<u>經中有作顠，非體也</u>。
　　　蠱音古。《字林》音故。（《玄應音義・卷七》）

嫐俗嬲正　奴了、尼乙二反，一戲相擾也。二。（卷一）

【按】《玄應音義》以「嬲」爲正字，另曰：「又作嫐」；《龍龕手鏡》以「嬲」
爲正字，「嫐」爲俗字。此字未見於《說文解字》，《玉篇》則作「嬲」。此字或
爲佛經造字，而《龍龕》所取正字形依《玉篇》，未據《玄應音義》。

　　整體來看，兩者所訂正字仍大致承襲《說文》本形之系統，惟《龍龕》
或顯露較多考慮時俗之傾向。

　　承《玄應音義》持續擴編而成的《慧琳音義》，在正字釋例上亦維持相同
方式，並未樹立明確字樣觀，但後人仍可由「正」、「正字」、「正作」、「正從」、
「正體」、「正體字」、「某爲正」等術語，歸納出慧琳的正字觀念，劉雅芬先
生在博士論文《慧琳《一切經音義》異體字研究》作了完整的研究：

> 將慧琳《一切經音義》檢索所得之正體字例，先行逐一比對《說文》，
> 發現書中的「正體」字例，以許愼《說文》爲釋字標準依歸，而對
> 文字的析辨引證來源甚豐廣。書中選列正字，遵從《說文》者，共
> 計 222 字，佔全部正體字例 75% 左右，七成以上的比例。如再加
> 上 39 個雖未列爲正體，但仍見收說文的字例，則比例提升到
> 87.8%，近九成的比例。如以《說文》爲比照的首要字書依據，慧
> 琳《一切經音義》中的正字字例可分爲四類：一、明指《說文》正

體字。二、正字例中，引用《說文》說解。三、未引用《說文》，
但正字與說文同。四、正字未見收於《說文》。〔註79〕

　　根據劉先生之歸納，概知《慧琳音義》雖未明言正字標準，惟經由慧琳
之說釋與《說文》收字比對，可推斷其正字觀仍是承襲《說文》本形之系統。

　　無論如何，經過佛經工具書的整理，分歧、複雜的佛經用字得到了系統
性的歸納。而這些佛經工具書透顯之正字觀，與唐代字書表現出的字樣觀念，
亦可謂一脈相承，兩者用以提綱契領的正字，均不離《說文》脈絡，換個角
度來說，佛家經籍採取了與儒家經典一致的用字觀，有助於漢土讀者對佛經
用字的識讀，就文化層面而言，或可詮釋爲佛教這個異文化與漢土既有文化
接軌、交融之企圖。

〔註79〕劉雅芬，《慧琳《一切經音義》異體字研究》（臺南：成功大學，博士論文）。

第四章　漢文佛經異體字字典編輯規劃

　　字典的編輯不同於雜誌、圖書，它需要處理的資料量十分巨大，故工程期往往相當的長，如果在正式執行前沒有周延的規劃，在遇到阻礙時才調整方法及回頭修改，往往會造成期程的嚴重延宕，甚而在曠日長久後仍未能竟功。對此，曾榮汾先生在《《異體字字典》編輯總報告書》之序言中便提到：

> 編輯一部字辭典就如同建造一棟房屋。建造房屋，先得設計藍圖，鳩工庀材，按圖施工，裝潢修飾，房屋於焉完成。同樣的，編輯字辭典，先要有理念，擬訂方向，訓練人員，制定體例，蒐集材料，依例編撰，審稿定稿，展現成果，字辭典於焉完成。字辭典編輯也可視同資料庫建構。一個資料庫的建構，要定資料範疇，要設計欄位，要作管理，最後依使用需求輸出成果。這樣看來，字辭典編輯顯然並非只將資料雜湊即可成編，它必須考慮目標、體例架構、步驟流程、資料管理、成果展現等問題。一部字辭典的編輯事實上無異於一件複雜的工程。[註1]

　　依曾先生之提示，在正式編輯之前，所應周詳規劃的項目包含編輯目標、體例架構、步驟流程、資料管理、成果展現，前置作業已是相當的繁複，但

[註1] 教育部國語推行委員會《《異體字字典》編輯總報告書》（臺北：教育部，2004 年，臺灣學術網路二版），置於《異體字字典》附錄。瀏覽日期：2017 年 3 月 4 日。

事實上，依筆者個人經驗，在編輯目標設定之後，仍尚未能夠進入體例架構的設計，而是必須就所欲處理之相關主題進行了解及分析，建立體例設計之理據。

本論文於之前章節，由一般性的漢字字典切入，進而探索以異體字爲主題之字典編輯，接著就聚焦於「佛經異體字字典」之「佛經」部分，討論漢文佛經用字之特性。如此分別剖析字典編輯方法以及編輯時所需面對的材料，期能從而研擬出較爲適切的佛經異體字字典編輯規劃。而經由如此路徑，大致可預知相對於一般異體字字典，屬專科工具書的佛經異體字字典當有以下特性：

一、因以「佛經」爲題，屬佛教領域專科字書，收字、審音、釋義都應以佛經爲範圍。

二、本典編輯期有助於佛經校勘，故異體字形之蒐錄，除佛經音義書所載、單一版本文獻之異體用字，另應由同經異本之異文中搜尋，並廣爲收錄。

三、漢文佛經多屬翻譯作品，其中包含大量音譯詞，其用字僅借其音，無實質字義，釋義體例當特別考量此一類型。

四、佛經經大量傳抄，用字訛誤之情況常見，如全數收錄，恐失之冗贅，故應設定明確之收錄原則。

五、敦煌出土之佛教文獻，絕大部分爲寫本，而相較於刻本，寫本字形筆畫較不明確，當如何加以楷定爲電腦字型？又寫本中有大量通假字，是否可納入異體範圍？均宜先有對策。

因此，此處所提編輯規劃，當有屬通用於各類異體字字典者，亦有屬專用於佛經異體字字典者。後續將就字典編輯方法、編輯體例及編輯實務三個層面分別論述所擬規劃，期於未來能結合成具有整體性的編輯藍圖。

第一節　資訊化編輯方法規劃

本文第二章論漢字字典編輯對佛經異體字字典編輯之啓發時，已提及資訊化編輯方法、語料庫技術應用爲現今字書編輯之趨勢，承此觀點，本文所提編輯方法規劃，在技術上，著重於資訊化作業、資料庫建置；在概念上，則採用語料庫辭典學概念，強調回歸文本剖析字詞用義。

一、佛經及參考工具書之數位化

在資訊科技進步、資訊利用普及的現代，文獻之利用、保存方式已不同於過往，電腦成爲了重要的閱讀平臺，網際網路成爲了重要的傳遞管道，正式揭開文獻數位化之序幕。我國官方早在 2008 年起便啓動「數位典藏與數位學習國家型科技計畫」，並提出下列 7 項預期效益：

1、有利於重要文化資產的保存及新文化的創造。

2、改善學術研究工具，發展未來的學術研究環境。

3、促進知識經濟與產業的發展。

4、建立華語文數位教學的國際地位。

5、豐富教育素材，協助推動正規教育、終身學習與遠距教學。

6、有助於參與國際性的計畫與組織，開拓臺灣在國際社會的發展空間。

7、促使學習資源開放與學習機會均等，以建立公平社會。〔註2〕

由此觀之，數位化不僅有助於提昇學術研究之便利性，亦可廣泛應用於文化、教育等多個層面，是爲整體時勢所趨之文物利用、保存方式，本文論及編輯文獻利用，故首先揭櫫數位化之方向。而所謂數位化，就整體概念言，係指將具有利用、保存價值之實體或非實體資料，透過攝影、掃描、影音拍攝、全文輸入等數位化方式，轉化爲數位檔案形式加以儲存。落實至編輯參考文獻之應用，則不外乎就紙本文獻頁面進行掃描，或就紙本文獻文字內容進行繕打輸入。此擬就待執行之數位化工作、現階段可供利用成果、數位化文獻之利用侷限、文獻數位化之工作重點分別述之：

（一）待規劃執行之數位化工作

本文論及漢文佛經文字研究之文獻運用時，提出漢文大藏經、佛經相關工具書與佛經寫本三種主要文獻類型，此亦爲異體字字典編輯參考文獻之主要類型，其次，或可再酌補一些單行刻本佛經。茲再簡述如下：

1、漢文大藏經

論佛經用字之取得，佛經爲最直接的材料；論佛經用字之用法，佛經亦爲最貼切的分析來源。是以，佛經原典爲本典編輯不可或缺之文獻資料，而

〔註2〕詳見「數位典藏與數位學習國家型科技計畫」（http://teldap.tw/index.html）網站之「計畫簡介／計畫緣起」。瀏覽日期：2018 年 4 月 5 日。

漢文大藏經乃單行佛經之集成，從文獻善本角度觀之，與初行原典或有距離，但從研究之應用層面而言，確實有較佳的便利性，今日佛經閱讀，亦以大藏經為主。故此編輯規劃，擬取漢文大藏經為基礎文獻，並以已有較完整全文文本電子資料之《大正新脩大藏經》（CBETA，由中華電子佛典協會建構）作為基礎，再參考其他藏經補充《大正新脩大藏經》未收錄佛經，至於其他藏經重覆收錄之佛經材料，因各藏經刊刻時代不同，用字狀況必然有所不同，其差異部分正為異體字之來源。

2、佛經相關工具書

《龍龕手鑑》、《高麗大藏經異體字字典》（李圭甲）、《佛教難字大字典》等佛經相關工具書，將繁冗紛歧的佛經用字作了系統性的整理，聯繫佛經中的異體字群，為佛經異體字之蒐集提供了最為直接的材料。《一切經音義》、《可洪音義》等音義書，以詞為收錄單位，但在審音、定形與釋義間，亦提供不少珍貴的字形資料。雖然這些工具書所載錄字形屬二手資料，未必完全如實反映原典字形，惟此類工具書不但彙集大量字形材料，並將繁冗紛歧的字形作了系統性的整理，不失為快速彙集異體字形的方便之門，加以所引錄字形之原典今或已見佚失，工具書載錄字形為唯一線索，不容輕易放棄。整體而言，此類工具書仍為建置第一階段字形資料之極佳材料，其中字詞說解，又可作為字詞用法之重要依據，故絕對是本典編輯之必要參考文獻。此外，另有鄭賢章先生的《漢文佛典疑難俗字匯釋與研究》一書，考釋大型字典中音義不詳、形義可疑、缺乏書證的佛典俗字，或者大型字典未收錄的佛典用字，共計一千三百多個疑難俗字，是極為可貴字形收錄來源，惟鄭先生所謂「漢文佛典」為歷代用漢字記錄書寫的佛教相關典籍，不僅止於佛經，可另行考量納編之必要性。

3、以敦煌遺書寫本為主之單行本佛經

1900 年敦煌莫高窟中的文獻現世後，為於漢字研究帶來重大影響，其中占了文獻總量約 90%的佛經，更是佛教領域研究之瑰寶。目前面世的敦煌漢文佛經，絕大部分是寫本，在佛經文獻史上，寫本佛經的年代比刻本應該早得多，就敦煌莫高窟所見史料，最早的刻本是唐懿宗咸通時期的《金剛經》（西

元 868）〔註3〕，最早的寫本則爲西涼建初年間的《十誦比丘戒本》（406 年）〔註4〕，寫本資料早了四百餘年。如張之洞所云：「善本之義有三：一足本（無缺卷、未刪削），二精本（精校、精注），三舊本（舊刻、舊抄）」〔註5〕，故於從事佛經字形校勘時，最接近源頭的寫本佛經自爲舉足輕重的材料，也是佛經用字史中不可或缺的環節。

上述文獻於取得之後，皆應儘量加以數位化，且無論是否將內容文字全面繕打，皆應掃描書籍頁面，以確保編輯時有原始資料可供查閱。

（二）現階段可供利用之數位化成果

文獻數位化爲極大工程，爲能減省人、物力資源，於展開實質之數位化工作前，應先行盡可能地蒐集前人既有成果。觀今網路世界，無論是文獻掃描影像或文獻內容文本，都已有不少可直接利用的付費或免費資料，茲就筆者所知，略舉如下：

1、國學大師（http://www.guoxuedashi.com/）：爲中國大陸之網站，所提供文獻資料有影像、文字兩類，文字部分並提供檢索。其中「影印古籍」項匯集 32 萬冊古籍之掃描影像，提供在線瀏覽及下載，資料極爲豐富，如《一切經音義》可見海山仙館、叢書集成、日本古寫經善本叢刊等多種版本。

2、漢文大藏經（http://tripitaka.cbeta.org/）：臺灣於 2008 年啓動的大規模文獻數位典藏計畫中，便包含漢文佛經文獻，中華佛經電子協會（Chinese Buddhist Electronic Text Association，CBETA）自 1998 年起陸續完成《大正藏》（1-55 冊及第 85 冊）之數位化，另有《卍新纂大日本續藏經》、《金版大藏經》、《宋藏遺珍》等選錄內容〔註6〕，置於網際網路免費提供使用。所提供資料爲

〔註3〕因經卷後題有：「咸通九年四月十五日王玠爲二親敬造普施」，故知其刻印年代。現藏倫敦大英博物館。

〔註4〕其題記云：「建初元年歲在乙巳十二月五日戌時，比丘德祐於敦煌城南受具戒，和上僧法性，戒師寶慧，教師惠穎。時同戒場者，道輔、惠御等十二人，到夏安居，寫到戒諷之趣，成具拙字而已，手拙用愧，見者但念其義，莫笑其字也，故記之。」

〔註5〕清・張之洞《輶軒語》，臺北：成文出版社，1978 年。

〔註6〕中華佛經電子協會（Chinese Buddhist Electronic Text Association，CBETA）由「北美印順導師基金會」、「菩提文教基金會」與「中華佛學研究所（法鼓佛教學院前身）」於 1998 年 2 月 15 日贊助成立。該協會的佛經數位化依循 XML（TEI5）之標準建

文字格式，並有檢索功能，為宗教界及學術界廣泛利用。

3、哈佛大學燕京圖書館（https://guides.library.harvard.edu/Chinese#s-lg-box-12169024）：館藏約 4 萬 2,000 部古籍多已完成數位影像，並置於圖書館網站上供全世界連結閱讀和下載。

4、中國哲學書電子化計劃（https://ctext.org/zh）：收藏三萬餘部著作，多同時提供書頁掃描影像及文字，惟其文字主要以中文辨識軟體直接轉成，正確率尚有提昇空間。

5、書格（https://shuge.org/）：收錄超過 1,600 部宋代至近代之文獻，概提供 PDF 格式之文獻影像資料，相較於其他同類型網站，其影像品質較佳，並可下載至單機使用。

6、四庫全書電子版：由香港迪志文化出版有限公司發行，係此處所提及資源中唯一須付費者，且價格昂貴，惟其資料建置完整，又有檢索、圖文對照功能，多數大專校院均購置供師生免費使用。其中子部釋家類典籍，如《弘明集》、《法苑珠林》、《宋高僧傳》等，均為佛經閱讀之重要參考資料，《龍龕手鑑》則為佛經用字之重要參考工具書。

7、佛學辭典集成（http://www.budaedu.org.tw/fo-dict/）：為美國佛教會電腦資訊庫功德會所提供，須下載壓縮檔於單機使用。其中彙集丁福保《佛學大辭典》、《五燈會元》等 28 部佛教領域相關資料，為佛經詞彙認識、文義解讀之重要參考資料。

（三）數位化文獻之利用局限

以上資料，兩種主要模式：一為將文獻頁面為影像檔案；一為將文獻內容繕打為電腦字型。前者為數位化文獻底本之重現，利用方式與紙本文獻無異；

立，數位化成果免費提供各界作非營利利用。數位化的底本則有《大正新脩大藏經》（大藏出版株式會社）第 1 冊至 85 冊、《卍新纂續藏經》（株式會社國書刊行會）第 1 至 90 冊、《嘉興藏》（新文豐出版公司）第 1 至 40 冊、《正史佛教資料類編》（杜斗城先生）、《藏外佛教文獻》（方廣錩先生）第 1 至 9 輯、《北朝佛教石刻拓片百品》（中央研究院歷史語言研究所）。總網址為：http://www.cbeta.org/；線上搜尋網址為：http://dev.dila.edu.tw/concordance/；線上閱讀網址為：http://cbetaonline.dila.edu.tw。2013 年起，科技部計畫專案又另打造了一個數位文本應用平臺：http://cbeta-rp.dila.edu.tw，使研究利用更為方便，惟目前有部分功能尚未完成。

後者爲數位化文獻底本內容之重製，因有意的調整與無意的疏誤，重製成果與原件多有所差距，在使用前就必須先充分了解其優劣。萬金川先生於〈文本對勘與漢譯佛經的語言研究——以《維摩經》爲例〉一文，徵引了宗舜法師就數位文本之強大檢索功能可能產生弊端，評述如下：

> 只是所謂殺人刀、活人劍，倘若不懂經典義理和文字內涵，檢索得越多，「走火入魔」的機會也越大。近幾年來，佛學研究所的個別學生，就用「檢索」電子版《大正藏》和「拷貝」電子版佛學詞典的方式來寫作業，交論文。其質量可想而知。而學術界似乎也有人會陸續栽倒在這個「便利的檢索」方式上。〔註7〕

當蒐集資料的方法變得方便，可輕易取得大量資料時，研究者似乎就容易囫圇吞棗，加以這些電子文本可以直接複製使用，無須逐字抄錄經文，似乎也就失去了逐字體會的機會，因此較難深入字句背後的義理，然而，這並不代表這些資料毫無價值，誠如萬金川先生所說：「電子文本與數據庫的使用乃是時代的大勢所趨，我們當然沒有必要故作螳臂。」〔註8〕惟於應用這些電子文本時，必須先了解可能存在以下侷限：

1、所錄佛經未必完整：目前所見之佛經電子文本，當以「CBETA 漢文大藏經」網站收錄較多，包含《大正新脩大藏經》、《卍正藏經》、《高麗大藏經》等，概屬選錄，並非全本，仍有另行補的必要。

2、未必如實反映所據原本之字形：在中文資訊環境中，早期普遍使用的大五碼（Big5）字集只有 1 萬 3,051 個字型可用，今天普遍流通的 Unicodc 字集版本也只有二萬多字，勢必無法全面涵蓋大藏經原本用字，故於進行數位化時，如遇無電腦字型可用之字形，多儘量以系統字型取代，如《玄應音義》（海山仙館叢書版）之「焰明」於「CBETA 漢文大藏經」中字形作「焰明」，以今通用字形「焰」替代原本用字「焰」。此一做法使電子文本用字漸趨規範化，利於檢索，但同時消弭了原始文獻中一字多形的現象，對於「佛經異體

〔註7〕萬金川〈文本對勘與漢譯佛經的語言研究——以《維摩經》爲例〉（《正觀》第 69 期，2014 年 6 月 25 日）。據萬先生文中注解，此段話摘錄於宗舜法師寫給黃徵教授的信。

〔註8〕萬金川〈文本對勘與漢譯佛經的語言研究——以《維摩經》爲例〉（《正觀》第 69 期，2014 年 6 月 25 日）。

字字典」之「異體字」收錄而言則大爲不利，仍必須回歸刻本、寫本蒐集字形。

3、誤植情形不在少數：佛經內容數位化是極爲浩大的工程，在鉅量文字處理的過程中，難免有機器或人爲造成的錯誤，製作單位或因囿於資源有限，多無法進行全面性之多次校正，故於使用時不可盡信之，若有疑慮，應回歸原本詳加考證。

（四）文獻數位化之工作重點

而無論是既有資源或新製資源，數位化格式參考文獻之彙整，概須掌握以下工作重點：

1、建置參考書目資料庫作為工作依據

本字典主要參考文獻以搜尋字形爲目的，有漢文大藏經、佛經工具書、單行本佛經等，雖僅三大類，惟包含甚多。如大藏經，在漢土疆域裡，從宋太祖敕令開雕的《開寶藏》至清同治年間的《百納藏》，已見十餘種，高麗、日本亦早在 1011 及 1637 年起有大規模的藏經編製事業〔註9〕，歷代藏經間又或有傳承，例如明有《南藏》、《北藏》，後來同爲明代雕製的《徑山藏》（嘉興藏）係以《北藏》爲主再以《南藏》參校，清代世宗敕修的《龍藏》又爲《北藏》的重訂本，諸如此，各藏關係錯縱複雜，需要深入考究並加以繫聯。再者，所謂「大藏經」並非原創著作，而係將既成之佛經加以彙集，各藏經依其編製時代、地域及所取得資料，彙集之佛經又各有不同，均有必要逐一釐析，方能挑選出最適切的參考文獻。再如佛經音義書中的《玄應音義》，爲不同藏經所輯錄，另有敦煌殘卷寫本、日本大治年間的釋覺嚴抄本，今又有如徐時儀先生的點校版本。不同版本，各有不同利用價值，或爲內容考訂依據，或有助於訓解文義，或便利編輯，是以，考量編輯過程中各層面之需求，彙整可供利用之文獻及其各種版本，係屬必要，且當爲最首要的資料庫建置工作，建置而成之資料庫。所建參考書目資料庫之格式，或可參考以下樣例：

〔註9〕 分別爲高麗顯宗時的《高麗大藏經》（初雕版）及日本明正天皇時的《天海藏》（寬永寺版），前者爲木雕版，後者已採活字印刷。《高麗大藏經》（初雕版）於蒙古入侵高麗時焚毀，今已不存。

〔圖表〕33：編輯參考資料庫之參考書目資料庫格式示例

流水序	佛經名稱	時代	作／譯者	集叢	建　檔　記　要		
					影像檔名	文字檔名	源頭
A00000001	長阿含經	後秦	佛陀耶舍共竺佛念	大正新脩大藏經	A00000001-00001.pdf ～ A00000001-00269.pdf	CBETA	CBETA文字檔
A 0000002	七佛經	宋	法天	大正新脩大藏經	A00000002-00001.pdf ～ A00000002-00078.pdf	CBETA	CBETA文字檔
A 0000003	毘婆尸佛經	宋	法天	大正新脩大藏經	（尚無）	CBETA	CBETA文字檔
A00000004	七佛父母姓字經	（佚）	（佚）	大正新脩大藏經	（尚無）	CBETA	CBETA文字檔
A00000005	佛般泥洹經	西晉	白法祖	大正新脩大藏經	（尚無）	CBETA	CBETA文字檔
A00000006	一切經音義	唐	慧琳	大正新脩大藏經	（尚無）	CBETA	CBETA文字檔
A00000007	宋高僧傳	宋	贊寧	大正新脩大藏經	（尚無）	CBETA	CBETA文字檔
A00000008	宋高僧傳	宋	贊寧	文淵閣四庫全書	使用迪志資料庫	迪志文化	迪志文化文字及影像檔
A00000009	羅湖野錄	宋	曉塋	卍新纂大日本續藏經	（尚無）	CBETA	CBETA文字檔
A00000010	羅湖野錄	宋	曉塋	文淵閣四庫全書	使用迪志資料庫	迪志文化	迪志文化文字及影像檔

2、建置完整的參考文獻影像檔案

　　大型字書編輯工作必然以團隊形式進行，故常遇有同時多人需要使用同一部文獻之情形，如能將所有參考文獻加以數位化，建置完整影像檔案，則可多人同時共享一份文獻資料，並且，有利於從海量資料中抽取出「經引用」者。又或有部分文獻已建置有文字格式檔案，可供詞語搜尋及文字複製，惟考量如屬網路上所提供之佛經文字資料，因多採用文字辨視軟體自動轉換後再作校對，誤植機率不低，即便採人工就著原文繕打之方式建置，亦勢必有人為疏誤。是以，仍必須留存原文影像，備圖文對勘之需，以確保資料之正

確性。簡而言之，凡爲字典編輯所需之參考文獻，無論是否建置文字格式檔案，都應盡可能地建置掃描影像格式檔案。

3、依需求建置參考文獻全文文字或部分文字檔案

本典主要參考文獻有佛經、佛經工具書 2 類，依其性質不同、使用需求不同，文字格式檔案建置之方式亦有不同，茲簡述如下：

（1）佛經以建置全文文字爲原則

對於佛經異體字字典編輯而言，佛經內容中之用字爲擷取字形來源，文本則爲分析字義的來源。字形須忠於原典筆畫，仍須以紙本文獻或其頁面掃描影像爲準，佛經文字檔案建置之功效主要在於後者，而爲利後續分詞、字義分析之應用，故應探全文建置。又依據上述應盡量採用現有資源之方向，筆者以爲可利用電子文本收錄數量較多的「CBETA 漢文大藏經」爲主要來源。本藏經中包含《大正新脩大藏經》、《卍新纂大日本續經》、《金版大藏經》、《高麗大藏經》……，雖然未必納編各經的完整內容，但就目前佛經數位化成果而言，「CBETA 漢文大藏經」（畫面如下圖）仍是利用價值頗高的材料，故可將該資料作爲文本資料庫之基礎，再酌予增補其他資料。

〔圖表〕34：CEBTA 漢文大藏經畫面擷圖

（2）佛經工具書以建置複詞詞目爲原則

佛經工具書，除爲字形蒐集來源、音義參考，亦爲佛經詞彙單位之重要依據。本典擬回歸佛經文本探求佛經用字之字義及組詞功能，規劃採用機器分詞

技術，就佛經文本作全面分詞（將句子切分爲組句的詞）。佛經工具書之收詞來自佛經，自然爲最適合的分詞比對詞庫，故可將《一切經音義》等音義書中所收複詞先建置爲詞庫，以備後續分詞利用。所建佛經工具書詞目資料庫之格式，或可參考以下樣例：

〔圖表〕35：編輯參考資料庫之漢文佛經複詞資料庫格式示例

流水序	詞　目	異　形	來　源	版　本
D0000001	凋落	彫落	慧琳音義卷6	徐時儀合刊本
D0000002	虛僞		慧琳音義卷6	徐時儀合刊本
D0000003	誣罔	誣冈	慧琳音義卷6	徐時儀合刊本
D0000005	不憚		慧琳音義卷6	徐時儀合刊本
D0000006	鼻嗅		慧琳音義卷6	徐時儀合刊本

《一切經音義》作者有其自身之正字觀，面對佛經中之紛雜用字，其採取做法爲——以其認可之用字作爲詞目，另於釋義中以「經文作某」、「又作某」、「經文從某作某」等術語呈現經書中其他用字實況。以上表格所設「異形」欄，即爲收錄此類與詞目用字不同之異形詞。

二、佛經用字形音義參考資料庫之建置

所謂「資料庫」，源於資訊領域中之專門用語，指的是某種特定形式的電子檔案，使用者可就其中資料進行新增、擷取、更新、刪除，教育部《重編國語辭典修訂本》簡釋爲：

> 電腦系統中存取資料的地方。這些資料通常以某種相關性及順序性存放在磁碟、光碟或磁帶等儲存媒體上。由於資料集中管理，電腦的資源便可由使用者共享，而且資料的保密及處理的一致性更容易達成。〔註10〕

上述之資料庫之特性，就字書編輯之應用層面而言，無論在條目排序、資料修改與補充上，都有極大的便利性，此外，筆者以爲，在字書編輯過程中，

〔註10〕教育部《重編國語辭典修訂本》臺灣學術網路第五版「資料庫」條。（教育部國語推行委員會著、國家教育研究院維護管理，臺北：教育部，2015年）（檢索日期：2017年4月3日）

如能建置具有知識性的資料庫，不但可提供後續相關研究利用，又另有文化紀錄之附加意義。曾榮汾先生在〈漢籍工具書編輯經驗談〉一文中有以下論述：

> 有人說未來的世界將由資訊科技主導，果如斯言，則未來的「世界」將不只是過去所熟悉的實質世界，必將包括由資訊科技所形成的「網路世界」。這是個憑資料庫爭領土的世界，也是個憑知識爭長短的世界。誰建構的資料庫夠強，誰擁有的知識夠多，誰的版圖就大，國力就強。從這個觀點來看，「漢籍的整理」不但夠現代化，而且是迫切需要。因爲現存地球上的人類知識，用漢字記錄下來的，最爲長久、最爲宏富。誰能將它們整理得最妥善，解說得最正確，誰就等於是擁有人類最大的知識庫，展現最大的文明力量。〔註11〕

漢文佛經異體字字典之編輯，必由漢文佛經文獻著手，如能基於此文獻利用、分析之需要，從而建構出屬於佛教專科之漢籍資料庫，一則可發揮編輯應用效益，一則可累積漢籍資料庫。是以，本論文故提出以資料庫爲基礎之編輯方法，此亦爲整體規劃中最爲核心的編輯概念。

至於如何從文獻中紬繹資料，建構爲字、辭典編輯所需資料庫，曾榮汾先生在以上引錄之同篇文章中提供了方向：

> 當然這些資料庫建來費時，在立即想使用時，可依此理念，建立小型輔助資料庫。在筆者所規劃的辭典編輯，每項工作皆有如下資料庫，以協助編輯之進行：
>
> ● 字頭屬性資料庫：提供字辭典所收字，含形、音、部首、筆畫等屬性。
>
> ● 詞目屬性資料庫：提供辭典所收詞目。
>
> ● 參考書目資料庫：提供編輯所需之參考書目。
>
> ● 引書體例資料庫：提供諸書引用之卷目體例。
>
> ● 參考書證資料庫：提供句例之書證全文。

〔註11〕曾榮汾〈漢籍工具書編輯經驗談〉《辭典學論文集》，臺北市：辭典學研究室，2004年）。此篇論文係於輔仁大學圖書資訊學系暨中國古籍整理學程主辦之「古籍學術研討會」（2004年）中發表。

● 參考釋義資料庫：提供所收詞目之釋義資料。

● 字形文獻資料庫：提供所收字頭之文獻原文。〔註12〕

　　本文編輯參考曾先生就編輯實務揭示之資料庫建置方向，並推度佛經異體字字典編輯之需要，規劃相關資料庫之建置，此處主要聚焦於字形、字音、字義編輯之資料庫應用方法加以論述。

（一）字形、字音參考資料庫

　　上述參考文獻資料之建置曾提及，擬利用以 CBETA 建置佛經原典文本文字格式資料庫，此擬進一步利用其中用字，作為字形、字音資料庫之領頭字，再建置相關形、音資料。茲以《大方廣佛華嚴經・第 6 卷》下圖第 1 行「爾時，諸菩薩及一切世間主，作是思惟：云何是諸佛地？云何是諸佛境界？」為例，試建字形、字音，以說明概念：

〔圖表〕36：CEBTA 漢文大藏經畫面擷圖

1、字形參考資料庫

　　以一個文獻字形建立一筆資料，然後依次建置領字、教育部字號、構件、構式、總筆畫數、出處、字頻等屬性資料。資料庫概況如下：

〔註12〕曾榮汾〈漢籍工具書編輯經驗談〉〈《辭典學論文集》，臺北市：辭典學研究室，2004年）。此篇論文係於輔仁大學圖書資訊學系暨中國古籍整理學程主辦之「古籍學術研討會」（2004 年）中發表。

〔圖表〕37：編輯資料庫之字形參考資料庫格式示例

流水序	字形	領字	教育部字號	構件	構式	總筆畫數	出處	字頻
W000001	爾	爾	A02477-021	人一巾丷夂夂	上下＋包	16	龍／玄	
W000002	助	時	A01794-005	日力	左右	6	龍	
W000003	旹	時	A01794-011	人人⊥日	左右＋上下	10	龍	
W000004	狀	諸	A03850-004	止人止人	上下＋左右	12	玄／希	

上述各項屬性資料，可利用教育部《異體字字典》盡可能地填注，作爲基礎資料，茲分欄說明如下：

（1）字形：以忠實呈現文獻字形爲原則，如該字形非屬電腦系統字，則直接從文獻中切割字形圖。

（2）領字：利用教育部《異體字字典》查詢對應正字，作爲領字基礎資料。該典未收者則暫予從缺。

（3）教育部字號：如當筆文獻字形見於教育部《異體字字典》，於此欄位輸入該典編訂之字號。

（4）構件：拆分字形組成構件，並以書寫筆順序排列。

（5）構式：構件組成形式之分析。

（6）總筆畫數：字形書寫之全字筆畫數。

（7）出處：字形所出之文獻，輸入代表字即可（如：「龍」表《龍龕手鑑》，「玄」表《玄應音義》，「希」表《希麟音義》），如源出多部文獻，中以斜線區隔。

（8）字頻：指該字形於文獻中出現的次數。字形在文獻中的常用度，相對字用價值之高低，而字頻爲最重要的參考數據。此字頻應利用資訊技術加以計算。

傳統編輯方法中，異體字之處理以手寫爲主，如教育部《異體字字典》正式五版，凡爲電腦缺字，概先書寫於紙面，再加以掃描及逐字切割，每增改一字，便要逐一重覆相同步驟，殊爲不便。該典第六版以大量向量電腦字型取代手寫字圖，看似往前邁進了一步，但在增改字形時，必須由資訊廠商重新再造新字，更爲不便。由此前例加以反思，筆者以爲，日後編輯異體字字典時，應參考中央研究院之「缺字系統」（http://char.ndap.org.tw/Search/index.aspx），思

考構件組字的技術，若能如此，字典編者可隨時自組異體字形，再進一步生成字典中可用的字圖。基於此一目標，針對每個異體字形分析「構件」，標注「構式」（構件組成模式）有其必要。其中「構件」又可以作爲檢索所用，可收一舉兩得之效。

2、字音參考資料庫

領字依「字形資料庫」，其後羅列字形參考資料，末列本典（漢文佛經異體字字典）審訂字音。此例考量字音之今讀與傳統讀音，故以教育部《異體字字典》、《龍龕手鑑》、《一切經音義》、《漢語大字典》爲參考資料來源。「本典」欄則預備登錄本字典參考各項參考資料後所審定之字音。

〔圖表〕38：編輯資料庫之字音參考資料庫格式示例

流水序	領字	異典	龍龕	一切經音義	漢大	本典
W000001	爾	ㄦˇ		而紙反	ěr	
W000002	時	ㄕˊ			shí	
W000003	諸	ㄓㄨ			zhū	

（二）字義參考資料庫

在傳統的字書編輯方法中，字詞釋義概多參考前人訓詁成果，如欲釋漢文佛經用字，則理當參考歷代佛經相關工具書。惟筆者以爲，從事經典訓詁，如陷溺於歷代傳注累疊之框架，無異於畫地自限，且所得未必爲原貌，拋卻他人注解，回歸原典，再以不同經文互相釋證，當更有助於貼近原典中遣詞用字之蘊涵。當代析解語言，常運用語料庫語言學所強調，以語言實例爲基礎的研究方法，其實也具有相同的概念，經典原文亦即所謂語言實例，最爲直接地反映詞語用法。將此研究方法運用於佛經語言研究，在具體的做法上，可先利用佛經工具書輯錄之複詞作機器分詞〔註13〕，再輔以人工檢覗、詞庫補充等方式，逐步作到全面分詞，所得詞彙集即可作爲字義訓詁、文字組詞分析的依據。

承上述編輯觀，此規劃之字義取得方式爲——由漢文佛經文本切入，由文

〔註13〕就中文語法角度而言，詞由字組成，句由詞組成。「分詞」即爲將一個句子加以切分，分析出該句由哪些詞所組成。而「機器分詞」意謂利用電腦進行分詞工作，基本的運作方式爲利用已有的詞庫比對文本，其次，可計算利用字與字的搭配頻率，將其中搭配率高者亦視爲穩固詞。

字所組成之詞彙擷取字義,次以歷代訓詁成果加以中補充。在具體操作方法上,便必須將漢文佛經文本作全面性的分詞,而爲進行分詞,則須先備妥「待切分文本」以及「用以比對之文本之基礎詞庫」,待分詞完成後,始能將所切分出之詞語匯入「字義參考資料庫」中,作爲字義擷取之依據。有關「待切分文本」,擬採用「佛經及參考工具書之數位化」中提及之以「CBETA 漢文大藏經」爲基礎建置而成的佛經全文文本;「用以比對之文本之基礎詞庫」則採用「佛經及參考工具書之數位化」中提及之佛經工具書詞目資料庫,然後再補充各階段分詞所得詞詞。茲簡化該基礎詞庫建置流程如下:

〔圖表〕39:**編輯參考資料庫之基礎詞庫建置流程**

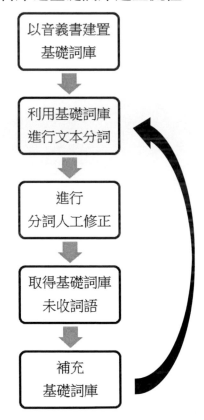

上述規劃應用了語料庫處理中的「機器分詞」方法,在實際的操作,另外還可以利用字與字的搭配率計算等方式,減省人工修正的工作量。總之,經過分詞、補充詞庫、再分詞、再補充詞庫之反覆操作,最終文本切分率應可達致100%,接著,將所切分出的詞語匯聚於每個佛經用字下,則可切實反映一個字的具體語用。故此所謂「字義參考資料庫」,即爲每個佛經用字構詞之展現,茲以「爾」字試作實例如下:

〔圖表〕40：編輯參考資料庫之字義參考資料庫格式示例

流水序	領字	構詞 1	構詞 2	構詞 3	構詞 4	構詞 5	構詞 6	構詞 7
W000001	爾	欻爾	甫爾	俾爾	性爾	過爾燄海	儵爾	

　　編輯時之字義訓詁，則可由每一領字構成詞語之詞義，進而推究出字義。此一由文本切入之字義紬繹方式，當極為繁複、艱鉅，惟筆者期藉由當代科技技術與傳統訓詁專業之結合，使佛經文字之字義整理得以更為全面，進而突破既有之研究成果。

三、電腦中文缺字之處理

　　利用資訊平臺編輯及發行漢字字典，必然需要使用電腦中文字型，而所謂「缺字」，指的是在電腦中缺少的中文字。就資訊字型編碼而言，中文是藉形表義的文字系統，其字型製作相對較英文等拼音文字複雜許多。英文無論有多少新生單字（詞），都可以利用既有的 26 個字母拼成，中文則每一個字都必須占掉一個編碼，在此情況下，資訊業者製作中文字集時，因成本、實用性之考量，只能以當代大多數人的需求為主，是以，凡進行古籍數位化之文字處理，必然遭遇缺字的困擾。早期臺灣中文資訊用字採 Big5 字集（CBETA 即採此字集），僅有 13,051 個中文字形，缺字問題益形嚴重，可說是古籍處理者共同的夢魘，今作業系統多已改用 Unicode 編碼，字量增加，稍微降低了缺字造成的數位化難度，但仍未獲得全面性的解決，是以，在部分文獻數位化工作中，會將文獻字形替代為音義及用法相應之電腦字型，惟本典以異體字為主題，須忠實反映文獻字形，不得以其他字形替代，故更需要對於將面臨的缺字問題預為思考。

　　在資訊發達的年代，文獻數位化已行之有年，如中央研究院於 1984 年開始建置「漢籍全文資料庫」，中華電子佛典協會自 1997 年著手進行大規模的藏經電子化，行政院國家科學委員會自 2008 年展開國家級的數位典藏計畫，都留下了一些可貴的經驗，茲先加以歸納：

（一）採用自行造字

　　這是早期常見的做法。個別古籍處理者，在使用者造字區內自造點陣字型，並給予特定編碼，在資訊交換時，接受方必須一併下載自造字檔，始得見完整的資料內容。這個方法製出的字型，大多美觀度不佳；另外，不同的

古籍處理者個別造字，可能給不同字形相同編碼，當處理者甲下載處理者乙提供的字型檔時，就會有重碼的情形，反而造成文件內容的錯亂；再者，作業系統不斷更新，造字檔如未作更新，使用者便無法下載使用，教育部《異體字字典》（正式五版）之釋義內容缺字便是如此況。總之，過往的自造字手法不但造成資訊系統的負擔，在資訊交換時也無法成功解決古籍缺字的問題，故遭淘汰，今教育部《異體字字典》第六版雖仍採用一般電腦未安裝的教育部標宋體，但公布於網際網路的內容，將字型轉爲圖片，在資訊交換上便不致產生資料錯亂，造字手法也改採向量字，提升了字形的美觀程度。

過去中文資訊環境以 Big5 字集爲主，因僅有一萬餘字，缺字的問題極爲嚴重，中央研究院莊德明等幾位先生在 1998 提出的論文〔註14〕指出，經過十四年來電子古籍之處理，缺字已累積超過九千字，今資訊作業環境大多已改用字量較多的 Unicode 字集，便提昇了古籍用字的支援度，根據李乃琦先生「《一切經音義》全文檢索數據庫」的建置經驗，該字集對於其所需用字之覆蓋率達到 99%，惟李先生也特別說明，他已使用到 Unicode 字集中的擴展 D 區，推測爲 2010 年所推出含有七萬四千餘字的 6.0 版本，再查 Unicode 字集之發展，2017 年的 10.0 版本納編字數更已達 87,882 字。這高達七、八萬的字形中，含有大量的異體字、罕用字，對一般使用者而言，有極大比例是用不到的「廢字」，如在作業系統中加掛這些擴展區字型，採用常見輸入法時，待選字形量勢必大增，對於日常使用反而造成干擾，故一般作業系統都只附載二萬多字的版本。是以，如編輯時採用 Unicode 字集擴展區字型，在資訊交換上仍有待突破的困難。

（二）採用字根組字

此法係將漢字加以拆解，視爲多個字根的組成，中央研究院與中華電子佛典協會都採納了如此做法，以多個字根加上不同的字構表示符號加以表達，二者表示方式分別如下：

● 中華電子佛典協會〔註15〕

〔註14〕莊德明、謝清俊、林晰〈中央研究院古籍全文資料庫解決缺字問題的方法〉，第二次兩岸古籍整理研究學術研討會，北京：北京大學，1998 年 5 月 11～13 日。

〔註15〕詳見中華電子佛典協會網站：首頁＞＞檔案櫃＞＞CBETA 發表文獻＞＞CBETA 電子佛

〔圖表〕41：CBETA 缺字字構表示符號列表

符號	說　　明	範　　例
＊	表橫向連接	明＝日＊月
／	表縱向連	音＝立／日
＠	表包含	因＝口＠大、間＝門＠月
－	表去掉某部分	青＝請-言
－＋	若前後配合，表示去掉某部分，而改以另一部分代替	閁＝間－日＋月
？	表字根特別，尚未找到足以表示者	背＝（?＊匕）／月
（）	為運算分隔符號	繞＝組－且＋（（土／（土＊土））／兀）
［］	為文字分隔符號	羅[目＊侯]羅母耶輸陀羅比丘尼

● 中央研究院

〔圖表〕42：中央研究院缺字字構表示符號列表

其中中央院還採用了「動態組字」的技術，使用者在所提供的「缺字查詢」系統中輸入字根後，程式可依所輸入符碼搜尋系統中已有的漢字字形，再轉成字圖檔供使用者移至他處利用，為中文電腦缺字問題供了極佳的解決方案。筆者以為，這樣的方式比照了拼音文字的模式，使漢字也有固定的、無須無限擴充的組成成分，雖然相對於 26 個英文字母，漢字字根的數量仍是高得驚人（可能有數百或上千），但總算是突破了長久以來資訊環境在中文文字應用上的限制，況且，字根的拆解還可應用於檢索，可說是一舉兩得，故當為漢文異體字字典編輯優先考慮採用之方案。

典缺字處理──以大正藏為例（http://www.cbeta.org/data/cbeta/rare.htm）。

第二節　字典編輯體例規劃

　　「體例」、「凡例」是辭書編纂中常出現的兩個詞語,兩者究竟相同或有所差異?首先要先作釐清。查教育部《重編國語辭典修訂本》,二詞分釋如下:

【體例】

　　❶處事的綱領和法則。《晉書‧卷四六‧李重傳》:「臣以革法創制,當先盡開塞利害之理,舉而錯之,使體例大通而無否滯亦未易故也。」

　　❷著作的編寫格式或文章的組織形式。《魏書‧卷三五‧崔浩傳》:「初,太祖詔尚書郎鄧淵著國記十餘卷,編年次事,體例未成。」

【凡例】

　　書首說明著書內容、主旨與編輯體例的文字。

　　就以上釋義,大體可區分——「體例」是編輯過程中必須遵循的規則,「凡例」則是置於著作中用以說明著作內容、編輯體例相關訊息的文件。由此定義觀之,兩者似為一物,惟「體例」是抽象的,「凡例」則是抽象體例的文字化成果。然而,如就功能取向及需求對象的角度切入,兩者差異立判——「體例」為編輯過程中必須遵循的規則,用以規範編輯者之編纂,為使每個編輯環節都有依據,故求鉅細靡遺、不厭其煩;「凡例」為置於書首簡介著作格式及內容的文件,用以引導讀者使用及解讀辭典,為使易於識讀與理解,故求提綱挈領、簡明扼要。綜括之,「體例」、「凡例」確有交集,同時又有無法互替之處,區隔明確,本論文乃編輯方法論,自當以編輯過程中所需依據之「體例」為論述範疇。

　　既為提供編纂依據,體例訂定之程序應置於編纂之前,惟於辭典學領域中,並非所有方家都認同樹立體例的必要性,例如楊祖希先生便抱持「體例取消論」的觀點,認為體例並不影響辭典編輯的成敗〔註16〕,但基本上,好體例為好辭典的先決條件,仍屬多數共識,以下幾位先生的看法可以為參(依姓氏筆畫數之少多排序):

　　事先規定好的統一編寫規式,它的根本目的是要保證一部辭典無論在內容上或形式上都能夠和諧一致,真正成為一個整體。(胡名

〔註16〕其論述可詳參楊祖希《專科辭典學》(成都:四川辭書出版社,1991 年)。

揚）〔註17〕

辭書的體例是辭典編纂工作中具體細則，是指導辭書編寫、審稿和加工的一系統工作規範。（陳炳超）〔註18〕

辭典的編纂往往不是一人之力所能完成，而是由許多編纂者撰寫詞條而成的。撰稿者在撰稿時，對詞條資料揀擇、內容撰寫的標準不一，即使是同一個撰稿者，在撰寫同類型詞條時，也會有不同的標準。再加上撰稿者之外，還有審稿人員，如果沒有體例作依據，……如果所持的標準不一，審稿、改稿之間，將耗費大量的時間，完成定稿之後的詞條，也沒有所謂的統一可言。（張晏瑞）

〔註19〕

體例不僅是對辭典外部格式的規定，而且是對辭典內部構架的設計，體例也是一種技術操作規程。（鄭述譜）〔註20〕

　　辭書編輯以學理為根基，以語言為表述，學理關係一部辭書的收詞範圍、訓詁觀念，語言則關係辭書的行文風格，一部成功的著作，學理觀念當首尾連貫，行文風格宜全書統一，如為一人獨立編纂，或非難事，惟依筆者個人實務經驗，今日辭書編纂，多匯聚各路英雄組成專業團隊，個個學有專精，自成一家之言，首先要融和異說，形成單一學術體系，學理根基奠定後，眾家據以個自考據，然後撰寫訓詁結論，此時又必須要求風格統一，文出諸子但宛若單一撰者，難度極高，如果沒有明訂體例加以規矩，辭典架構無法清晰，文書風格勢必紛歧，是以，在正式編輯之前，體例的訂定及反覆確認實有其必要性。本章節將就編輯目標及服務對象、收字範圍及收字來源、形音義編輯體例、收字檢索方法等探討本文所論之漢文佛經異體字字典編輯體例。

〔註17〕胡名揚《詞典學概論》（北京：中國人民大學出版社，1982 年）。

〔註18〕陳炳超《辭書編纂學概論》（上海：復旦大學出版社，1991 年）。

〔註19〕張晏瑞〈論文史辭典擬定體例的方法〉（《佛教圖書館館刊》，第 46 期，臺北：財團法人伽耶山基金會，2007 年）。

〔註20〕鄭述譜〈辭書體例漫議〉（《外語學刊》，1998 年第 4 期，哈爾濱市：黑龍江大學，1998 年）。

一、編輯目標及服務對象

「漢文佛經異體字字典」這個主題涉及兩個領域，一爲佛教領域，一爲漢字領域，編輯目標之設定亦聚焦於此二領域，本論文第一章說明研究目的時，即已提出三項目標，依所設定目標編成之成果，則又可鎖定本典之主要服務對象。分別說明如下：

（一）編輯目標

1、溝通當代習用字與佛經用字，有助於佛經之解讀與研究，並提供當代佛經新編、整理之用字參考。

2、記錄歷代佛經用字，有助於建構佛經語言歷史之一環，並有助於一般語文字書補充漢字字形及考訂字形演變脈絡。

3、說解佛經用字字義，有助於佛經之解讀與研究，並有助於部分漢語字源之考查。

（二）服務對象

廣泛而言，係以漢字使用者爲服務對象，又以其中正體中文使用者爲主。再就其專科工具書性質切入，則將特別針對下列讀者群：

1、佛經讀者。

2、佛經整理者。

3、佛教文獻研究者。

4、漢字字典編輯者。

5、漢字研究者。

二、收字範圍及收字來源

字海無涯，字典之編輯，則必須劃定明確的範圍。漢文佛經異體字字典之收錄範圍，首先自然劃定於漢文佛經之內。而「漢文佛經」，則可狹可廣，如韓國延世大學的李圭甲教授以《高麗藏》爲範圍，編成《高麗大藏經異體字典》〔註21〕，收錄正字八千餘字，異體字三萬餘字，總計收錄字數約四萬，至於本文所論之漢文佛經異體字字典，據上述編輯目標，當擬廣廣納眾經，且含括不同版本之同文異字，以此觀之，似有限，實無窮，如光以大陸學者

〔註21〕〔韓〕李圭甲《高麗大藏經異體字典》，首爾：高麗大藏經研究所，2000 年。

自 1982 年著手整理的《中華大藏經》正編、續編來看，經文用字字數便高達三億以上〔註22〕，可以想見，如直接由佛經文本用字切入，聯繫其中海量文字之正、異關係，所需時間實難以想像。是以，於編輯實務操作上，宜設定階設性目標，且第一階段以經過系統性整理的佛經工具書入手，後續階段再補充其他文獻字形資料。具體而言，本典各階段收字範圍可大致訂定如下：

（一）佛經工具書：佛經工具書自然主要收錄佛經中的用字，然後釋其音義，自然爲整理佛經用字時之重要材料，每部工具書收錄不同時代的佛經用字，或各有其收字範圍，故具有不同的利用價值，如於前一章節概述的《一切經音義》、《龍龕手鑑》，後者便特別能夠反映寫本佛經用字。此外，在利用佛經工具書時，可利用一個以上的版本互參及校勘，尤其是謄寫時代古遠的寫本（如《玄應音義》的高麗大藏經本（初刻）、金剛寺本等多種古寫本〔註23〕），或具有更爲接近佛經用字原貌之價值，不容忽視。換言之，利用工具書蒐錄正、異體字，大抵來說有兩個角度：一爲單一工具書中所彙集的正、異體字形；一爲對照一部工具書之不同版所得的異文。再者，除佛經工具書外，另有如《說文解字》雖非專爲佛經所編，但徐鉉於校注之時，另增添部分當時的常用字作爲「新附字」，其中包含部分佛經用字〔註24〕，諸如此類亦可爲參。

〔註22〕《中華大藏經（漢文部分）‧正編》自 1982 年起著手編輯，編成 106 冊，1997 年由北京中華書局發行，收錄佛經逾 23,000 卷。隨後，任繼愈先生又發起編輯「續編」，2009 年任先生離世，轉由杜繼文先生主持。2006 年 4 月，擔任副主編的張新鷹先生在「首屆世界佛教論壇」中表示：「《中華大藏經（漢文部分）‧續編》就是希望在得到國家支持的基礎之上，爭取社會各界包括海外友好人士各種形式的幫助，用大約 10 年左右的時間，把歷代大藏經中沒有收入《中華大藏經（漢文部分）‧正編》的部分和上面所提到的那些分散的文獻資料，按照一定的系統和體例，整理編纂，蔚成巨制，……據初步估算，《中華大藏經（漢文部分）‧續編》總字數在二億六千萬字左右，是《正編》的一倍多；時間下限截止到當代。」2016 年 12 月則見中華書局發布編纂工作會議決議：「編委會同意，於 2016 年 12 月提交未定稿部分的資金預算，2017 年初提交甲部『印度典籍部』和『南傳典籍部』定稿；中華書局盡快啓動審稿工作，確定編校工作流程，爭取使該部分書稿於當年出版。」至 2017 年 3 月尚未見出版。

〔註23〕《玄應音義》現存古寫本多藏於日本，如金剛寺本（謙倉時代）、七寺藏本（平安時代）、宮內廳書陸部藏本（平安時代）、西方寺藏本（鎌倉時代）、石山寺藏本（平安時代）、天理圖書館藏本（院政時代、鎌倉時代）等。

〔註24〕可參考莊斐喬〈《說文解字》新附字之佛教用字〉（世界漢字學會第四屆年會「表

（二）各種大藏經：今學術界應用較廣的為《大正新脩大藏經》（《大正藏》）以及《高麗大藏經》（《高麗藏》）。其中《大正藏》以《高麗藏》再雕本為底本，印行於 1934 年，1960 年又加以校訂及重印，雖仍有部分錯漏，但仍為目前佛經收錄較為完備的版本，當可作為基礎版本。至於《高麗大藏經》直接繼承宋代雕本，可能保留宋代的用字實況，對於佛經考證、漢字研究等都具有極高價值，且今於網路上有便於使用的數位影像檔〔註 25〕，可作為補充字形的重要資料。另如由南宋刻製至元代的《磧砂藏》，今亦有影本可供參考。

（三）單行本佛經：大藏經刊行後，幾乎取代了單行本佛經的功能，惟近世於敦煌石窟裡，發現了不少佛經寫本，可說是在目前所見的佛經最原始的版本，是很有價值的材料，誠如王雲路先生所說：

> 敦煌寫經抄寫年代古遠（有的距離譯出時代不遠，庶幾可以看作「同時資料」），比較接近原貌。日本古寫經抄寫年代明確，數量可觀。近年來，利用古寫經與刻本的對比，發掘語言詞彙的發展變化、考辨疑偽佛經等，都成為新的研究方法。〔註 26〕

如目前已出土的《妙法蓮華經》、《維摩詰所說經》，以及禪宗經典《南宗頓教最上大乘摩訶般若波羅密經六祖惠能大師於韶州大梵寺施法壇經》，其中必然有與今傳世版本不同的字形，皆可用於校勘或補充收字。

三、字形、字音、字義之收錄與編排

李圭甲先生的《高麗大藏經異體字字典》，為目前所見唯一一部以佛經異體字專題字書，此論相同主題，勢須觀摩師法其主體部分。查其內文鋪排，概先陳列正字字形，以[　]括之，部分字形右側附有小篆，字形下標明字音、字義，字音有「韓音」、「反切」、「中音」（漢語拼音）、「日音」，字義則有「韓義」、「漢義」、「日義」、「英義」。正字音、義後，接著逐一陳列異體字，每個異體字下均

意文字體系與漢字學科建設」，釜山：韓國釜山慶星大學韓國漢字研究所，2016 年 6 月）。

〔註25〕韓國高麗大藏經研究所已將《高麗大藏經》資料數位化，今可透過網路查索。該研究所網址為：http://kb.sutra.re.kr/ritk_eng/index.do。

〔註26〕王雲路〈中古佛經寫本與刻本比較漫議〉（《第十一屆漢文佛典語言學國際學術研討會會議論文集》，2017 年 11 月，桃園：國立中央大學中國文學系）。

附書證，茲列舉「筰」字爲例：

〔圖表〕43：李圭甲《高麗大藏經異體字字典》「筰」字頁面擷圖

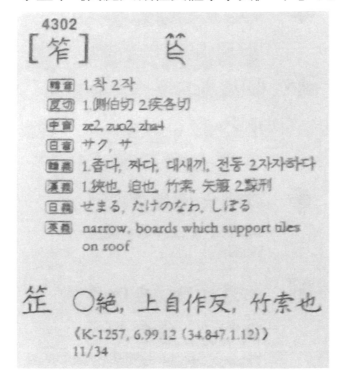

字書釋字，不外乎形、音、義，觀該典所陳，或因考量《高麗大藏經》讀者散布地區，故同時考慮中、日、韓三種語言，字義部分還另加入英語，但或因以聯繫正、異體字爲目標，故於字義說解上較爲簡略。在形式處理上，字組說解內容之編排簡明易解，「韓音」、「反切」等項目標示明確，版面則分爲三欄，順序排列不同字組，字組間以空行區隔，各組領頭之正字又以特殊符號標示，清晰易讀，足資參照，惟筆者以爲，亦有部分體例或可斟酌：

（一）字義說解過簡

就讀者角度而言，於佛經中遇難解字而查閱字書時，多期待一併了解形、音、義三者，字義說解過簡，讀者或須再去查閱其他工具書，殊爲不便；另就文字角度而言，字形是語言記錄符號，在語言中實質作用者實爲音義，是以，形、音、義三者結合方爲「字」之全體，故即便以字形收錄爲目的，音、義之說解仍宜完整。

（二）多音與多義間之對應不明

多音字之音義對應，或爲異音同義，或爲異音歧義，字書中應呈現音與

義之對應，方有助於用字引導。《高麗大藏經異體字字典》多音字之音、義關係未作明確對應，例如「笮」字，「韓音」、「反切」有二音，分標序號1、2，「中音」、「日音」分列三音、二音但未標序號，「韓義」、「漢義」有二組義，分標序號1、2，「日義」、「英義」分別三義及二義，但未標序號。一則音與義未作明確對應；一則各種語言之音義組數不一，難以聯繫彼此。

此論佛經典體字字典之內文編輯，擬師法李圭甲先生編輯成果之優點，然後加強字義說解，並重新考量音義對應體例。至於形、音、義之收錄，則依其佛經用字專科字典之性質，以佛經中所見用法為範圍，並含括此範圍內之佛教領域專門用法及一般用法。

（一）字形編輯體例

字書之字形整理是一種應用性的工作，如果沒有理論依據，明確定義正、異體字定義，在面對海量般的字形時，必然游移難決，整理出的成果也必將矛盾百出。有關異體字之定義，實可由不同角度切入，對於認定範圍加以設限。而切入之角度，則關係異體字整理之目的，李運富先生對此曾有明確說明：

> 我們對於異體現象的整理和規範是有所選擇的，……就研究「異體字」的實用目的而言不外乎兩個：一是幫助閱讀古代文獻，讓讀者知道某個字跟某個字記錄功能相當或具有相同的音義，20世紀80年代以後陸續出版的《漢語大字典》所附〈異體字表〉大致就是出於這樣的目的；二是規範現代用字，包括字種和音義跟字形的固定關係，讓用字的人知道記錄某個詞某個義時該用哪個字、哪些功能相當的字已廢除不用，1955年公布的《第一批異體字整理表》、《新華字典》中注明的異體字等就是出於這樣的目的。
> 〔註27〕

本文係立足於字典編輯，對於異體字相關問題加以探究，該字典又以聯繫歷代佛經用字與今字為目標，屬李先生提及之「幫助閱讀古代文獻」，於定義異體字時，必須考量存在於書面文獻歷時異體，故必須採取較寬廣之定義。

〔註27〕 李運富〈關於「異體字」的幾個問題〉（《語言文字應用》，2006年2月第1期，北京：教育部語言文字應用研究所，2006年2月）。

此外，爲使文獻用字得以對應至當下用字，故以「已整理的異體字」觀點，採取相對概念之異體字含義，也就是在一字多形中擇取一形作爲主體，其餘客體則爲異體，故於定義異體字前，須先行限定正字範圍。以下分說之：

1、正　字

本文佛經異體字字典之編輯，係爲提供當代利用，正字有聯繫紛雜文獻用字使讀者能夠識讀之目的，所擇正字則宜爲於今普遍使用、大眾熟悉者。觀今世漢字文化圈，以臺灣及中國大陸使用的文字爲兩大主流，且經官方長時間地推行，最爲符合，惟其中中國大陸官方頒定之「規範字」，包含大量簡化字形，部分爲文字使用過程中自然形成，部分由官方制訂後再強力推行，無論何者，皆有因過度簡化而降低字形表義功能之疑慮，臺灣官方頒布之標準字體則採傳統漢字，所定字體大致不離《說文》以來建構之傳統，相對於大陸簡化字，文字形構較爲完整，藉形表義之實用功能較強，故更爲適用。

簡言之，臺灣教育部標準字體自 1979 年頒訂以來，由學校教育、語文競賽、教學網站等各層面推行三十餘年，今已具有普及性及規範性，另因採用傳統漢字形體，相較於同樣具普及性之中國大陸規範字，因保留藉形表義功能，文字實用性更強，故可考慮援引佛經文字整理之正字綱領。該標準字體之研訂有以下原則：

1、字形有數體而音義無別者，取一字爲正體，餘體若通行，則附注於下。
　　例如：
　　「才」爲正體。「纔」字附見，並於說明欄注明：「方才之才或作『纔』。」
　　選取原則如下：
　　（1）取最通行者。例如：取「慷」不取「忼」。
　　（2）取最合於初形本義者。如：腳、脚今用無別，取「腳」不取「脚」。
　　（3）數體皆合於初形本義者，選取原則有二：
　　　　A、取其筆畫之最簡者，如取「舉」不取「擧」。
　　　　B、取其使用最廣者，如取「炮」不取「砲」〔註28〕、「礮」。

〔註28〕所謂「取『炮』不取『砲』」，當指在「炮」、「砲」二字中取「炮」爲標準用字，「砲」則相對屬異體字。惟此二字於教育部標準字體表分別收錄爲常用及次常用字，教育部《異體字字典》亦分收爲正字，且未具正異關係，僅「砲」釋義中見「同『炮』」。

（4）其有不合前述體例者，則於說明欄說明之。例如：

「麵」、「麪」皆通行，取「麵」不取「麪」，並於說明欄注明：「本作麪。爲免丐誤作丏，故作此。」

2、字有多體，其義古通而今異者，予以並收。例如：

「間」與「閒」，「景」與「影」。

古別而今同者，亦予並收，例如：

「証」與「證」。

3、字之寫法，無關筆畫之繁省者，則力求符合造字之原理。例如：

「吞」不作「呑」，「闊」不作「濶」。

4、凡字之偏旁，古與今混者，則予以區別。例如：

日月之月作「月」（朔、朗、期）

肉作「⺼」（肋、肯、胞）

艸木之艸作「⺿」（草、花、菜）

「丱」熄作「卝」（歡、敬、穫）

5、凡字偏旁，因筆畫近似而易混者，則亦予區別，並加說明。例如：

舌（甜、憩、舔）與舌（活、括、話）

壬（任、妊、荏）與王（呈、廷、聖）〔註29〕

歸納以上細則，「初形本義」、「力求符合造字之原理」等，是基於文字學理、字構完整性之考量；「取最通行者」、「取其筆畫之最簡者」、「取其使用最廣者」等，則爲時宜與文字使用便利性之考量。

經此探究，進一步確認了此套標準字體作爲佛教文字正字綱領之合理性。惟此套字體，其字形來源較爲廣泛，所謂「通行」、「使用最廣」，反映的是古今文獻之總體情形，未必符合佛經文獻之實況；此外，佛經中有不少專用字不見於一般文獻，也未必收錄於其中。是以，在擇取佛經文字之正字時，可優先援引此套字體作爲基礎，同時必須兼顧佛經中所反映之用字實況，以

考查「炮」、「砲」音義，有交集亦有未能對應者，各有其獨立爲正字之條件，均列爲標準字體並無疑慮，故或爲《異體字字典》對於二字關係處理及釋義尚有商榷空間。

〔註29〕教育部《國字標準字體教師手冊·標準字體的研訂原則與實例·研訂基本原則》，臺北：教育部，1998年。

突顯此一專科領域用字之特殊性。總括來說，就編輯實務之需要，可訂定佛
經文字之正字選定規則如下：

（1）基本上，以臺灣教育部頒布的標準字體爲正字，另可酌參教育部《異
　　　體字字典》所取之新正字。如佛經用字可對應 1 個以上之標準字體，
　　　原則上依序採用常用、次常用、罕用字字體。

（2）以下情況採佛經習用字體爲正字，且優先採用字構符合六書原則者：
　　　A、佛經用字於教育部標準字體表中無相應字體可參照者。
　　　B、佛經中之詞彙明顯有固定用字者。

2、異體字

對應相同字位的多形中，正字擇取出後，其餘諸體便爲異體字之範圍，承
前文所論，其中古今字、同意通假字、非共時字是否得以納入異體字範圍？諸
家說法不一，關於這些問題，前面章節已逐一提出論述與筆者個人見解，茲不
贅述。實際上，所謂「異體字」本無既定範圍，定義可廣可狹，惟須相應於異
體字整理之目的、整理成果之服務對象等。就具體的字書編輯而言，如取狹義，
在實務上，字形取捨須再三斟酌，編輯難度相對較高；在成果上，所收錄資料
較少，對讀者來說參考性相對較低。是以，字書編輯之異體字，不妨採取較廣
定義，俾能儘量廣納文字資料。此徵引李運富先生的一段話，表述本文所提編
輯規畫之「異體字」綜合概念：

> 異體字的本質屬性是「功能相同」而不是「形體不同」，對「音義相
> 同」的說法應根據情況靈活理解，所謂「共時性」則根本不是「異
> 體字」的屬性。異體字的職能限於本用，借用不屬於異體字。〔註30〕

具體來說，此處所採異體定義爲——與正字具有共同字用功能，且具有
字形變異、孳乳關係者。而此所謂「變異、孳乳」，指稱內在的字形相異脈絡，
若就外在之表象而言，異體字與正字之關係，概可以王寧先生區分的異寫字、
異構字〔註31〕加以含括。異寫異體字與正字或爲筆畫層次上之差異，正、異體

〔註30〕李運富〈關於「異體字」的幾個問題〉（《語言文字應用》第 1 期，2006 年 2 月）。

〔註31〕王寧先生云：「異寫字是職能相同的同一個字，因寫法不同而形成的異形。……異
　　　寫字的相互差異只是書寫方面的、在筆畫這個層次上的差異，沒有構形上的實質
　　　差別。……異構字的構形屬性起碼有一項是不相同的。」所列異溝字之構形屬性

之聯繫較易辨識，如「污」與「汙」、「涂」與「涂」；異構異體字與正字則爲構件之差異，在構件選擇、構件數量、構件組成樣態等至少有一項呈現差異，如「線」與「綫」、「窪」與「洼」、「野」與「埜」、「星」與「曐」、「景」與「县」等。承上，本典異體字與正字之具體關係可進一步說明如下：

（1）與正字之全部或部分音義相同，可用於表達語言中的同一個詞，且不限定於共時存在。

（2）與正字形體有變異、孳乳關係，或爲異寫，或爲異構。

在上述定義下，純屬字用關係而無字形關係之通假字，基本上不納入異體範圍。此外，尚有幾項實務上必然遭遇，但未能含括於上述通則的問題：

（1）有關異寫字的收錄

承上所述，異寫異體字與正字爲筆畫層次上之差異，此差異或爲於手寫漢字時無意間造成的，或爲書法家爲美化字形的刻意改變，無論起因爲何，就具體的文字使用而言，均如王寧先生所說：「字形加多，信息量卻沒有增加。」〔註32〕也並非全數具有漢字演變脈絡研究價值，故於字書收錄上，宜加以篩選。觀諸文獻，異寫異體字與正字字形之差異或大或小，就定義而言，皆屬異體，惟其中有部分字形，相較於正字形體，僅爲筆畫勾與不勾、書寫筆勢之連筆、版刻之分筆等小異，就字書編輯而言，如全數收錄，數量將極爲龐大，且失之繁瑣，故筆者以爲可作以下考量：

A. 筆畫小異且不影響識知者，不予收錄，如《玄應音義》有「**顧眪**」，對照於正字「顧眪」，前者起筆改點筆爲橫筆，後者左偏旁之豎筆超出最末橫筆，屬書寫筆勢小異且不影響認知，故不予收錄。惟可參照考教育部《異體字字典》以〈偏旁變形歸併表〉呈現此類形變之作法。

B. 筆畫小異但影響識知者，應予收錄，如「**奸**」對照於正字「**奸**」

差異，則有以下情形：（1）示音基礎構件不同；（2）表義基礎構件不同；（3）構形模式不同；（4）累加了或減沙了形符或義符；（5）採用新的思路造字；（6）其中的一個字形徹底隸變楷化了，而另一個字形則是古文字的傳承隸定形。（王寧，《漢字構形學講座》，臺北：三民書局，2013 年）。

〔註32〕王寧，《漢字構形學講座》，臺北：三民書局，2013 年

（ㄩˊ），僅爲末筆勾與不勾，惟不勾字形即混同爲「朋比爲奸」、「狼狽爲奸」之「奸」，故應予收錄〔註33〕。

（2）有關訛寫字的收錄

訛寫爲異體主要成因之一，如「髮」字，《說文》正篆作「𩮃」，另兼收異形「𩮀」，此異形楷化作「𩭾」、「𩮀」，後經訛變作「婧」、「嫆」，此二形明代字書《字彙》皆予收錄，說明：「𡋡同髮。」教育部《異體字字典》亦皆收錄爲「髮」的異體字。在佛經文本中，此類訛寫字必然多見，尤其在書寫自由度極高的寫本中，更是有各式各樣的手書訛字，筆者以爲字書僅須收錄其中「訛俗字」，亦即常見、已形成書寫習慣者，或可訂定以下具體判斷依據：

A. 凡見於佛經工具書之訛形，可收錄。

B. 經字頻統計，屬高頻之訛形，可收錄。

（3）有關音譯詞之用字處理

「音譯詞」爲外來語產生的途徑之一，在漢語中形成一種特有類型，如竺師家寧謂：

> 不同文化、不同語言，互相接觸，就會帶入大量的外來語，這種現象叫作「移借」。移入的新詞彙叫作「借詞」。借詞多半採取音譯的型式，少數是意譯的。〔註34〕

所謂音譯詞，便是在翻譯外來語時，以既有用字模仿原語的語音，也就是音譯詞用字之功能僅在於表音，與該用字原承載之字義無關。漢文佛經中有大量的音譯詞，而由於漢語中有不少同音字，不同譯者又各自挑選借音用字，故此類音譯詞常見有多形，如「陀羅尼」或作「陀羅那」、「陀鄰尼」、「陀隣尼」，「南無」或作「那謨」，同一詞之異形詞組之用字，基本上可說是具有共同字用功能，符合本典異體字定義，惟大多未具有字形變異、孳乳關係，故不宜作正、異關係處理。如上述二組音譯詞之用字，僅「陀鄰尼」、「陀隣尼」中的「鄰」、「隣」可作正、異體聯繫。

〔註33〕 查教育部《異體字字典》C02004「奸」字形體資料表，《四聲篇海》、《字彙》之字形，右偏旁均作「干」，惟該典未收錄爲異體字。按：「奸」爲本典編號 A00881 號正字。

〔註34〕 竺家寧《漢語詞彙學‧第二章》，臺北：五南圖書出版股份有限公司，2004 年 10 月。

（4）有關字形筆畫之規範化

本典異體字來源極為多元，或為刻本，或為寫本，或為鉛印本，不同刊本各有其筆畫特色，其中寫本，因書寫自由度大，又另有筆畫不明確的狀況。本典不同來源字形時，應予統一風格，在轉易成電腦字型時，更有確定筆畫之必要。筆者以為，一則可忽略因手書造成之筆畫圓曲或彎折，如「无」可逕作「无」，末筆之起筆無須彎折；再則可依據正字標準形，規範異體字字形，以教育部《異體字字典》從「卷」字形為例（如下圖﹝註35﹞），該典據文獻取形，故見多種異形，其中「卷」、「卷」、「卷」依其偏旁變形歸納原則，可視為相同字形，故何妨均轉易作「卷」形，如此就異體字形中屬傳承字者、有標準可循者樹立書寫標準，亦有利於減少用字之繁冗。

〔圖表〕44：教育部《異體字字典》從「卷」字形檢索結果第 1 頁頁面擷圖

（二）字形屬性標注

依一般字書慣例，標注字形之部首、筆畫數 2 項屬性，部首標注符合主要部首，筆畫標注部首外筆畫數及總筆畫數，分別說明如下：

1、部首：本論文第二章已論述自《說文解字》五百四十部至《字彙》二一四部的發展，說明了部首義類標誌色彩淡化之歷程。《康熙字典》以後，二一四部首系統已幾成定局，為字書收字歸部及工具書部首索引之依憑，且大多以便

﹝註35﹞教育部《異體字字典》（臺灣學術網路十二版試用版），以「複合查詢」形構輸入「卷」所查得結果列表之第 1 頁。查詢日期：2018 年 4 月 8 日。

利檢索同時盡可能兼顧義類標誌爲歸部方向，或有部分字書爲提升檢索的便利性，使一字「重出」於 2 個部首當中，如教育部《異體字字典》因考慮異體字字形變化多端，構成部件常異於常見之形，故採「內文歸部學理化，索引檢索便利化」之原則，凡依「義類」概念析解之「主要部首」隱晦難解時，則予補充易識性較高之「參見部首」作爲檢索之用〔註36〕。本文所論佛經異體字字典，擬參考該典部首重出觀念，主要部首部分仍以反映字義類屬爲首要考量，故優先考慮形符部件，其次考慮聲符部件，最末方考慮非成字部件，至於以檢索利用爲目的的「參見部首」，則將於檢索規劃章節再作論述。此外，因考量異體字形書畫不拘，故必須適度歸納部首異形，方有利於字形部首之分析。如「𣉘」左側似「日」，但第 2 筆之豎筆超出最末筆，又末筆不作橫筆而改作橫桃，惟仍可認同爲「日」部字；又如「餡」字左側形近篆形「𩚀」，與今「食」作爲左偏旁時慣見之「飠」形體略異，惟仍可認同爲「食」部字。

2、筆畫：標注總筆畫數及部首外筆畫數，分別就全字及部首以外之形體計算筆畫書。計算時，則依書寫時之下筆，每次起筆都計爲 1 畫。

（三）字義編輯體例

《馬氏文通》云：「凡立言，先正所用之名。」〔註37〕辭典，便是一般人正名時所須憑藉的工具，是以，辭典中的詞語釋義往往是編輯工作的主體工程，然而，相對於字形、字音，字義的收錄與編寫是最具彈性的，義項收納的廣狹除影響編纂的難易，故字義編輯體例之設計極爲關鍵。筆者以爲，「漢文佛經異體字字典」爲佛教領域專科字書，本典編輯又以佛教文獻爲基礎文本，字義收錄自可以佛教文獻中所見用法爲範圍。

至於字義呈現，以正字爲主，異體字則因屬正字的另一種寫法，其音義依隨正字，故無須另行陳列音義。承上，本典不僅字形以正字爲綱領，音義亦爲如此，均附注於正字之下。正字若有多個義項，則基本上依本義、引申義、假借義順序排列，同音義項聚合陳列，並先列文獻所見較早義項之字音。此外，爲提供溯源線索，另徵引《說文解字》之該字說解。大致體例規劃如下：

〔註36〕可詳參本論文第三章中論《異體字字典》正文編輯體例段落，或逕參《異體字字典‧編輯說明‧編輯凡例》（網址：http://dict.variants.moe.edu.tw/）。

〔註37〕馬建忠《馬氏文通》，臺北市：世界書局，1970 年。

1、首列《說文》小篆字形及其釋義

本典除提供佛經讀者閱讀佛經時查索利用，另有建構佛經用字庫以提供研究參考之用意，故擬先呈現用字本義，以便查考字義之流變脈絡。而所謂本義，仍依文字學界較主流之共識，以許慎之說爲依歸，故爲《說文》所收錄者，則首列《說文》資料。至於徐鉉校正《說文》大徐本時增添之 402 個新附字，考量其散布斷代由兩漢擴及至隋，未必早於佛經之用，故不予採列。

2、次列原文、佛經用義，並引錄佛經書證

漢譯佛經之源頭語主要爲梵語，另有犍陀羅語及其他古代中亞語言。釋字義時提供原文，有助於了解該佛經用字之漢譯途徑，故先予說明語言別及陳列原文，然後再釋該字於佛經中之用義，並列舉佛經書證及佛經用詞以爲例證。如所釋該字於佛經中未見獨用，僅爲複詞構成單位，則逕以複詞釋之。陳列原文時，因慮及讀者識知能力，儘量選用較普及的外語書寫形式，或以英文字母爲主，故如陳列梵語時，便採用國際梵語轉寫字母（IAST）〔註 38〕而不採天城文。

3、再次列同義異形詞，並以「▲」標注之

佛經中的異形詞，異譯詞占極大一部分。佛經漢譯時，源頭語（梵文等）與目的語（漢語）之間的對應並無規範，對於同一個源頭語，不同譯者或有不同譯法，同一譯者亦可能前後不一，故有一詞異譯的狀況。宋代姑蘇景德寺普潤大師所編《翻譯名義集》便收錄了兩千多個佛教詞彙，一一列舉異譯，並溯其出處，如「釋迦牟尼」下云：「摭華云，此云能仁寂默，寂默故不住生死，能仁故不住涅盤。」〔註39〕此見源頭語 Śākyamuni 之音譯「釋迦牟尼」及義譯「能仁寂寞」二種譯法。彙整一名異譯，有助於溝通經義。

4、最末列舉詞例

不少單音詞具有構詞能力，並且，佛經用詞又以複音詞居多，列舉詞例有助字與詞、詞與佛經篇章之連結，對於讀者佛經閱讀上之應用，應有較大助益。

〔註38〕IAST 爲 International Alphabet of Sanskrit Transliteration 的縮稱，此係學術界採用的梵語轉寫標準系統。

〔註39〕宋‧普潤大師《翻譯名義集》（四部叢刊，臺北：臺灣商務印書館，1979 年）。

（四）字音編輯體例

1、字音取錄：依本典音義收錄範圍之設定，應包含《說文》本義字音以及佛經用法之字音。取音則參考《龍龕手鑑》、《精嚴新集大藏音》等佛教專科字韻書及其他傳統字韻書，同時考量當代口語之習讀音。

2、字音標注：本典編輯以漢字使用者爲服務對象，故採用漢字主要流通區域臺灣及大陸之標音系統，標注注音符號及漢語拼音。

（五）字形、字音、字義編輯樣例

上述體例規劃，大致已訂定每個正字下可見之形、音、義說明內容，茲以「空」、「魔」、「袈」、「裟」4 字爲試擬對象，呈現編輯樣例如下：

【空】　穴-03-08

《說文解字．穴部》：「空，竅也。」

〔音讀〕ㄎㄨㄥ　kōng

〔釋義〕梵文 śūnya。一切現象均緣於因緣所生，並無實體。《維摩詰所說經．卷三．弟子品》：「諸法究竟無所有，是空義。」《智度論．卷五》：「觀五蘊無我無我所，是名爲空，知一切諸法實相。」

〔詞例〕空性、空相、空寂、空諦、空無

【魔】　鬼-11-21

〔音讀〕ㄇㄛˊ　mó

〔釋義〕梵文 Māra。指能障礙、擾亂、破壞修道或害人性命的鬼怪。《婆沙論》卷四十二：「問曰：何故名魔？答曰：斷慧命故名魔，復次常行放逸有害自身故名魔。」《智度論》卷五：「除諸法實相，餘殘一切法，盡名爲魔。」　▲魔羅

〔詞例〕魔王、魔界、魔忍、魔道、魔障

【袈】　衣-05-11

〔音讀〕ㄐㄧㄚ　jiā

〔釋義〕袈裟：梵文 kasāya。原為壞色、不正色、赤色的意思，

後用於指僧人法衣，以其衣色不正故。《悲華經》卷八：

「釋迦如來，昔於寶藏佛前，誓己成佛時袈裟有五德。」

《摩耶經・下》：「千三百歲已，袈裟變白，不受染色。」

▲蓮服、毛裟、迦沙、加沙、袈裟野、迦邏沙曳

【裟】　　衣-07-13

〔音讀〕ㄕㄚ　　shā

〔釋義〕袈裟：梵文 kasāya。原為壞色、不正色、赤色的意思，

後用於指僧人法衣，以其衣色不正故。《悲華經》卷八：

「釋迦如來，昔於寶藏佛前，誓己成佛時袈裟有五德。」

《摩耶經・下》：「千三百歲已，袈裟變白，不受染色。」

▲蓮服、毛裟、迦沙、加沙、袈裟野、迦邏沙曳

四、不同載體之版面編排

　　傳統字書，紙本出版為唯一選項，書店、圖書館則為主要流通管道；現代字書，因應資訊利用的普遍及技術的發達，電子格式成為另一個出版選項，網際網路則為主要的流通管道。本典編輯成果預計優先考慮以電子格式發行，有以下原因：

（一）本典擬儘量涵蓋所有佛經用字，收字數量必然龐大，編輯工程必然曠日長久，如採電子格式，不僅便於陸續公開階段性成果，提早發揮利用價值，已公開內容亦仍具有修改的彈性。

（二）漢文佛經讀者偏布全球，編輯為電子格式，並於網際網路提供利用，可使讀者群不受地域限制，同時擴大編輯成果之影響力。

（三）以電子格式為編輯目標，其成果內容資料必然亦為電子格式，後續可作不同層面之加值利用，亦可另行發展為紙本出版品。

　　承上，本典出版擬採電子格式，故其版面編排應考量電子載體呈現之需要，而今天普遍使用的載體大抵為桌上型電腦、筆記型電腦、平板電腦、智慧型手機幾類，橫式版面可適用於三類，智慧型手機雖亦可轉置畫面，但因為螢幕較窄、較小，仍然比較適合直式版面，可以同時呈現的內容也十分有

限，故其版面編排或有另外設計的必要。以教育部《異體字字典》（第六版）為例，其為版面為橫式，在電腦上使用十分合適，如於手機使用，橫看時呈現內容過少，直看時則內容縮得過小，不易閱讀，版面看起來也不完整。此以教育部《異體字字典》（第六版）「典」字查詢結果為例，分列手機上橫、直二式所見畫面如下：

〔圖表〕45：教育部《異體字字典》（第六版）手機畫面擷圖（橫式）

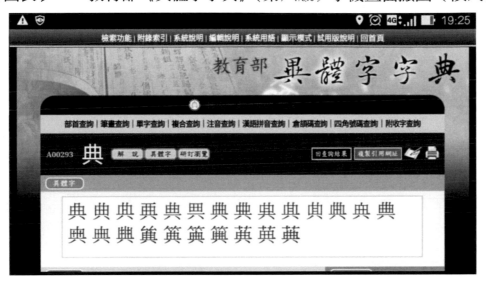

〔圖表〕46：教育部《異體字字典》（第六版）手機畫面擷圖（直式）

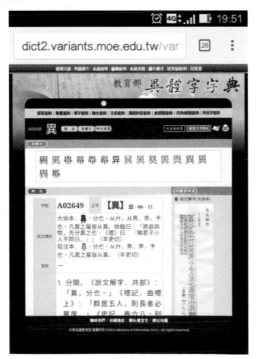

　　故如欲以電子格式出版，應針對電腦及行動載具分別設計版面及資料編排
方式。茲參考教育部《異體字字典》，規劃「佛經異體字字典」版式編排如下：

（一）電腦（PC、NB）之橫式版面

　　分為「正字」、「異體字」兩個區塊呈現資料，異體字之音讀、釋義因依隨
正字，故於「異體字」區塊不再重複陳列。此分別說明二區塊之欄位：

1、正　字

（1）字形：陳列正字字形，並以【】標示。

（2）部首筆畫：標示正字部首、部首外筆畫數、總筆畫數。

（3）異體字：異體字為正字的不同寫法，故可視為正字屬性之一。此僅陳
　　　列字形，異體字之屬性則另陳列於「異體字」區塊。

（4）說文解字：如該正字於《說文解字》（大徐本）可見字源，陳列於此
　　　作為參考。

（5）音義：先以注音、漢語拼音標示正字讀音，再敘其義，如有多個義
　　　項時，以 1.、2.……標示義項序，各義項下陳列書證 1～2 例，如有
　　　異形詞，再標示「▲」陳列於後。如有歧音異義，則以（一）、（二）……
　　　分別標示不同字音，對應之義則陳列於字音之下。整體來看，此欄
　　　位資料陳列順序為：字音（注音、漢語拼音）讀→字義→書證→異
　　　形詞。

（6）詞例：陳列於佛經中所見由該字構成之詞。如「音義」欄有歧音異
　　　義、多義項情形，詞例前須標示詞例對應之音序及義項序。

2、異體字

（1）字形：陳列異體字字形。

（2）部首筆畫：於異體字字形下標示字形部首、部首外筆畫數、總筆畫
　　　數。

（3）詞例：陳列字形來源文獻中所見之該字所組詞彙，如正字「音義」
　　　欄有歧音異義、多義項情形，此詞例前須標示詞例對應之音序及義
　　　項序。本欄位係為描述文獻中所顯示之異體字、正字音義對應情形。

（4）來源：指字形引錄來源。以文獻編號表示，於網頁中可設超連結，連
　　　結至文獻及文獻編號對照表。

〔圖表〕47：本典電腦（PC、NB）之橫式版面規劃示例圖

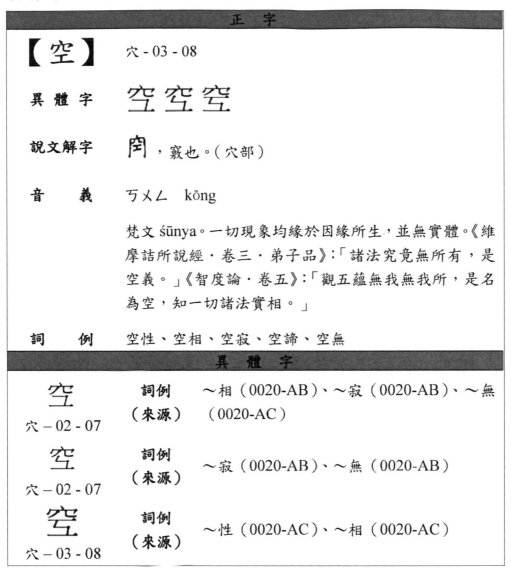

（二）行動裝置之直式版面

　　所謂行動裝置，一般指平版電腦與智慧型手機而言。惟就現階段產品而言，平版電腦之螢幕大概都有 7 吋以上，與筆記型電腦相去不遠，又螢幕設定為直式、橫式俱可，直接使用「電腦之橫式版面」顯示字典內容，閱讀上並無困擾，智慧型手機目前較大尺寸則為 5.5 吋螢幕，相對偏小，故內容呈現宜求簡潔，加以如屬「行動間」之查詢需求，推測可滿足於字形音義訊息。承上考量，此一版面之規劃重點有二：一為依照智慧型手機一般使用模式，採直式版面；二為僅提供字形音義訊息。版面示例如下：

〔圖表〕48：本典行動裝置之直式版面規劃示例圖

【空】穴 - 03 - 08

異體字

空空空

音義

ㄎㄨㄥ　kōng

梵文 śūnya。一切現象均緣於因緣所生，並無實
體。《維摩詰所說經・卷三・弟子品》：「諸法究
竟無所有，是空義。」《智度論・卷五》：「觀五
蘊無我無我所，是名為空，知一切諸法實相。」
詞例 空性、空相、空寂、空諦、空無

五、收字檢索方法

　　傳統的漢字紙本字典所設計的檢字方法，不外乎為部首、筆畫索引，或
是字音索引，其中字音索引實用度較低，因為借助字典時，通常是處於知其
形而不知其音義的狀況，既不知音，自無法使用字音索引，至於部首及筆畫
索引，有其實用性，惟部分字形部首判別不易，形體較繁複字則筆畫計算不
易，使用上仍稍有不便。今世電子漢字典，多另有輸入一個字直接查詢的功
能，既方便又快速，但對於使用字音輸入法的使用者而言，仍有不知其音便
無法查詢的困擾，此外，如字典收字中有無電腦字型可用者，則無法採用此
功能，且收錄越多異體字者，這個問題也就更為明顯。而收錄約十萬字的教
育部《異體字字典》，顯然對於使用者字形查詢的困難有充分體會，所以在所
推出的第二版檢索系統中，大幅調整了查詢模式，提供了更多元的途徑。在
第一版檢索系統中，因應僅有一萬三千個電腦字型的環境，該典完全捨棄直

接輸入的檢索方式，仍採用傳統的部首及筆畫索引，於是每個部首及筆畫數下都有大量字形必須逐一檢視，殊爲不便。2012 年推出的第二版檢索系統，除新增可直接輸入字形的「單字查詢」功能，並提供更多的檢索方式徑，其「教育部《異體字字典》新版系統試用說明」云：

> 提供八種查詢方式。除現行版本既有的「部首查詢」、「筆畫查詢」外，另增設「單字」、「注音」、「漢語拼音」、「倉頡碼」、「四角號碼」五種查詢方式，以及綜合上述七種方式後另加入筆順、形構條件的「複合查詢」。〔註40〕

據上述，教育部《異體字字典》於 2012 年推出的檢索系統，提供了八種查詢方式，但其實有九種檢索途徑（獨立的七種另加上「複合查詢」中增加的筆順、形構二種），就字形分析的角度而言，應已大致完整〔註41〕，今考量檢索方式時，或可逕由其中擇取適用者，但就資訊角度而言，則可配合當下資訊技術之進展，嘗試進一步提升檢索的便利性。承上，此所規劃檢索功能有以下幾項：

（一）直接輸（載）入欲查索字形

1、輸入字形：電子格式版本之工具書，直接輸入欲查詢目標，是最爲快速的檢索方式，惟因本典字形收錄較廣，部分字形可能超出資訊廠商提供字集範圍，故此項檢索雖有便捷之利，但檢索率未能及 100%。

2、上傳字圖：過去於網際網路上所使用的搜尋引擎，可以用字找字或找圖（限於有文字說明的圖），基本上都是利用文字比對的技術。隨著資訊技術的推進，現今搜尋引擎另發展出「用圖搜尋」的功能〔註42〕，只要上傳一張圖，

〔註40〕 教育部《異體字字典·本版說明》（臺灣學術網路十二版，臺北：教育部，2012 年），瀏覽日期：2017 年 6 月 11 日，網址：http://dict2.variants.moe.edu.tw/variants/trial_ver_info.html。

〔註41〕 行政院國家發展委員會的「全字庫」（http://www.cns11643.gov.tw/AIDB/welcome.do），在漢字字形部分提供了十種檢索方式，包含筆畫、注音、部首、倉頡、CNS、BIG5、UNICODE、拼音（漢語、注音二式、耶魯、韋氏）、部件、筆順序等，比教育部《異體字字典》所提供的更多，惟因此網站有其特殊性，故如其中 CNS、BIG5、UNICODE 係爲具備特有專業者所設計，筆者以爲就一般讀者需要而言，《異體字字典》提供之檢索方式已可稱完整。

〔註42〕 一般大眾廣爲使用的 Google 瀏覽器在 2011 年推出「以圖搜尋」功能，在此之前，

電腦可快速地提取圖片特徵，譯解爲資訊編碼後再作比對，在既有資料庫中搜尋出與上傳圖片符合度較高的對象。本典字形檢索如能利用此項技術，恰能補足前項「輸入字形」檢索之不足，凡遇無系統字支援之字形，讀者可拍攝手寫於紙面的或文獻中的字形，然後上傳影像，進行檢索。

（二）利用索引檢索欲查索字形

1、部首索引：《說文解字》以降，部首索引即爲漢字字書慣用的索引，也是一般大眾熟悉的檢索方式，故此爲必要提供的索引。唯不採《說文解字》的五百四十個部首，而係採自《康熙字典》後確立的、亦爲現代字書習用的二一四部首系統。有關收字之歸部，則擬參照教育部《異體字字典》一字重出不同部首之觀念，以學理部首爲字形主要部首，如主要部首難以辨識，便重出 1～2 個參見部首，提昇部首檢索之便利性。

2、字音索引：字音索引亦爲漢字字書常見檢索方式之一，此擬依臺灣讀者之需要提供注音索引，另提供羅馬拼音中普及率較高的漢語拼音索引。

（三）利用複合條件檢索欲查索字形

複合查詢是一種「進階檢索」的概念，以較多的條件限縮檢索範圍，所得檢索結果之字形數量，應可介於「直接輸（載）入」、「利用索引」二種檢索方式之間。此考量本典收字之特性、概估的收字量，規劃於複合檢索中提供下列可設定之條件：

1、部首：爲獨立索引項目之一，自可納入複合檢索條件。

2、字音（注音、漢拼）：爲獨立索引項目之一，自可納入複合檢索條件。

3、總筆畫數：對於一個漢字字形的分析，筆畫數是相對容易的，或許筆畫繁複的字在計算時可能出錯，但基本上困難度不高。惟考量部分文獻上的字形筆畫不清，分筆與連筆難以判斷，故此筆畫數條件之勾選，應提供複選，允許使用在擇取一個以上的可能總筆畫數。

4、構件：此或可理解爲「構成一個字形的零件」〔註43〕，拆解構件時無須

已有瑞典 Picsearch 公司推出的 Picsearch、加拿大 Idée 公司推出的 TinEye，都是專門提供「以圖找圖」功能的搜尋引擎。現今此一資訊技術更加廣爲使用，甚至部分購物網站都有提供。

〔註43〕此處構件與部件概念頗爲類似，惟爲避免所需輸入的檢索條件過繁，故此以部件

顧及形符、聲符等字構學理，僅就形論形，一個字可能有多種的分析結果，例如「認」可析解出「言＋忍」或「言＋忍＋心」兩種組成。此種檢索方式對於某些形體繁複、部首難判、筆畫數不清，但構成「零件」明顯可見的字形，是相對容易的，如教育部《異體字字典》收錄的「尞」，部首難以確認，字形則明顯可拆解爲「喜＋不」，直接輸入此 2 構件查詢，可達準確、快速之效。惟因應資訊技術之支援範圍，此項檢索應有以下限制：

（1）限用電腦可輸入之構件，如「喧」完整拆解應爲「口＋一＋旦＋一」，其中第 3 個構件因無法輸入，故予省略，所輸入構件爲「口一一」。

（2）採「包含」的概念進行檢索，如輸入「口一」，檢索列表中除「旦」外，亦可有「但」（亻口一）、「咒」（口口一几）、諸形。

（3）爲有效控制檢索範圍，所輸入構件必須依筆順之先後陳列，如查詢「旦」時不可輸入「一口」，查詢「晶」時不可輸入「口回一」。

5、筆順：指依書寫順序析解出之書寫筆畫，可歸納爲點、橫、豎、撇、折等五種，如「但」字，完整筆順可析解作「撇豎豎折橫橫」，共計六筆。以筆順進行檢索時，如將全字筆順完整輸入，檢索結果當然較爲準確，惟因有部分如「喧」之類的字形，其中或含有書寫方式較難確認之構件，爲使此類字形亦得檢索，故宜容許輸入部分區段筆順，如查詢「但」時可輸入「撇豎豎」或「豎折橫」，查詢「喧」時則得就可確認部分輸入「豎折橫橫豎」，然後搭配部首、構件檢索條件，當即能有效地進行查索。

第三節　編輯實務事項規劃

工具書是專供查考資料而編纂的書籍，使用者或爲解決疑惑，或爲研究學問，無論是爲了哪一項目的，都必然期望能獲得明確的解答、精要的資料，故於讀者群設定之後，必須顧及所面對群體的普遍需求，提供讀者所需的服務，此相較於一般以展現私我爲目的的個人著作，可謂工具書之最大特色。而正因讀者使用工具書前，均帶著特定需求，並以滿足其特定需求爲目的，非如閱讀一般書籍時以開放、接收爲主要心態。正因如此，工具書編輯的難度相對較高，

中的成字部件、一級部件爲主，其次才考慮基礎部件。亦由於以不拆解基礎部件爲原則，故不採「部件」爲此檢索項目之名稱。

在擬定編輯規劃時，除考量「編者所能」，還必須考量「讀者所需」，甚或需要因應「讀者所需」，提升「編者所能」。由此可知，精深、全面之學術專業能力，是為工具書編者之基本必要條件。而欲從事大型工具書編輯時，資料處理、內容編輯工作都屬鉅量，無法成於一人之手，勢必需組成規模相當，且具備學術能力的編輯團隊，以儲備足量人力資源。然而，人力與專業能力足量，並不代表編輯必成，所蓄積能量如非匯聚於同一主幹，朝向共同目標前進，必然散逸奔流，氾濫成災。是以，就大型工具書之編輯而言，編輯團隊人數、專業學術能力僅為必備條件之部分，團隊組成者共識之形成、共同目標之設定、編輯成果之彙集等技術層面操作，亦至為關鍵。故於本章節中，擬專論漢文佛經異體字字典編輯中之「非學術」層面問題。

本文於之前章節已提及，此處所論字典編輯，係針對於網際網路提供使用之電子版本，此一形式之優勢與局限，曾榮汾先生曾有論述：

> 利用網路來展現詞典的編輯成果，無論使用或維護效益，皆非傳統紙面詞典所可比擬。網路詞典是指將編輯成果利用網際網路傳播出去的詞典。它和使用者的界面是網頁，它所提供的內容是多媒體，所提供的查詢方式是全文搜尋。它置於伺服器上，快速地向網路世界公開，它也可以不斷地將資料庫修訂補充。甚至於它可以連結許多相關資料庫作進階使用。這些特點，是過去在傳統紙面編輯時無法想像的。紙面版印量有限，修訂困難，查索不易，也無法結合多媒體。……網路版也有它的局限，因為網際網路的特性的影響，所以網路上的資料必須是快速反應，讀者的期盼，無形受到使用網路習慣影響，會對網路版有著更高、更嚴格的期許。〔註44〕

相較於紙面出版品，藉由網際網路傳布電子格式的著作，不但散播範圍無遠弗屆，且成本低，收效快，已是現代常見的著作散播方式，就工具書而言，此種電子格式相對於紙面格式，更是有檢索便利的明顯效益。此外，工具書編輯為鉅量資料之處理，過程中難免疏誤，但讀者對於工具書正確率之要求又特別嚴格〔註45〕，如於發行後發現錯誤，置於網際網路之電子格式版本有即

〔註44〕曾榮汾〈網路版詞典編輯經驗析介〉（《佛教圖書館館刊》第 34 期，臺北：財團法人伽耶山基金會，2003 年 6 月）。

〔註45〕曾榮汾先生亦曾提到：「網路版的詞典幾乎不容錯誤。但是詞典出於眾人之手，或

時修正的機會，這優勢絕對是紙面版本望塵莫及。綜覈種種利弊得失，概可推知——發行網際網路版本當屬較適宜的選擇。

　　而就工具書編輯之編輯學理、編輯技術兩大要素觀之，編輯學理不因紙面或網路版本而有差異，在編輯技術部分則或同或異，例如規劃網路版之編輯實務時，必須考量資訊環境而有相應的操作技術及資料處理方式，編輯團隊中也必須包含資訊專業人員。此即就編輯技術層面，論述網路版字典編輯之相關需求：

一、編輯團隊的組成

　　一部大型字書的編輯，必須集合眾人之力，在組成編輯團隊時，則應就字書所屬專業領域及編務需要，評估編輯團隊之組成，就此漢文佛經異體字字典而論，編輯團隊之組成或可架構如下：

〔圖表〕49：本典編輯團隊組成架構圖

```
學術組 ─┬─ 佛學組
        └─ 文字學組

編務組 ─┬─ 體例組
        ├─ 文獻組
        ├─ 收發組
        ├─ 清稿組
        └─ 成果編輯組

資訊組 ─┬─ 資料處理組
        ├─ 網頁編輯組
        └─ 字形處理組
```

　　一般常謂字典為「不會說話的老師」，字典象徵著某種學術權威，故於編輯

者體例不一，或者輕重有別，或者資料互見參差。在過去紙面版本，此種疏誤較難發現，但如今結合全文檢索，相關資料，一眼看盡，無可隱藏。於是使用者上網，發現錯誤，一經反映，往往會有馬上更新的期盼。」（曾榮汾，〈網路版詞典編輯經驗析介〉，《佛教圖書館館刊》第 34 期，臺北：財團法人伽耶山基金會，2003 年 6 月）

團隊中,「學術組」是團隊組成的根基。但學術層級的資料,與一般人的距離較爲遙遠,要如何在有限的說釋篇幅中提供精要資料,並且重新組織成非專業者較易理解的內容格式?又要如何在固定的人力、物力及時間範圍裡,完成龐大資料的彙集、編纂及呈現?這些是編輯工作的主幹,也是「編務組」所必須負責的。至於「資訊組」,在編輯過程中,可利用資訊技術加速資料處理速度,另因本典係擬編製爲數位格式成果,雖或可另覓資訊廠商協助,但仍需由編輯團隊先提出構思。易言之,如將一部字書的編輯比喻成大樓建築工程,「學術組」負責的是地基建造,「編務組」負責的是主體工程,「資訊組」負責的是建築鋪面與工程技術的提升。在此三大組之架構下,又可就編輯主體之需要作進一步分工,此就上列所規劃分組之設立用意,說明如下:

(一)學術組

1、佛學組:本典之參考文獻全爲佛教文獻,無論是文獻的選擇、文本的解讀、文獻用字的訓詁,都必須有具備佛學背景之學者負責。

2、文字學組:本典以佛教文獻爲文本,鎖定其中用字進行分析與整理,這些工作必然以文字學理爲依據,故須有文字學者澆灌此一編輯工程。

(二)編務組

1、體例組:前文已有論述,辭書體例建構之目的,係以「文出諸子但宛若單一撰者」爲目的,故體例訂定應著重於形式安排,如行文之次序、通用用字之統一等。由於體例是編纂之依循,故編製於編纂之前,惟初始尚無大量實例可參,所訂規則勢無法涵蓋周全,故必須有此常設組別,針對過程中所遇問題研議編纂規則。

2、文獻組:字書編纂,就是從錯綜複雜的文獻資料中淘選精要,故文獻資料處理的工作是屬鉅量的,如先期之參考文獻蒐集、過程中增引文獻之還原、徵引文獻時之出處標示規則訂定等,隨著工作進程,每個階段都有不同的文獻處理需要,此一組別之設立自屬必要。

3、收發組:一般聽聞「收發」,或指信件管理,或指機關行號裡的公文傳遞,辭書編輯中的「收發」,概括而言,係指是稿件的發出與回收,但卻又非如一般收發工作之單純,因其並非被動的收與發,而是必須依據編輯流程、工作者可負荷量、工作總期程等精算每批稿件的條目數量,以及發出及回收的時間,

如遇撰審稿者有拖稿的情形，還必須隨時因應。由上述可知，編輯收發其實是一門高深的學問，收發組掌握了整個工程能否依規劃按時推進的關鍵，實位居編輯團隊裡至為關鍵的地位。

4、字形收錄組：正異體字的定義、字形收錄範圍等，為本典重要學理概念之一，俟收字體例訂定後，便須有專司字形收錄者，依據體例中之相關準則，於文獻中檢擇當收錄之字形。

5、撰、審稿組：撰稿，顧名思義即為撰寫稿件，具體來說，便是依據體例撰寫每個條目所應呈現的內容，如字音、釋義、書證等。審稿則為撰稿結果的把關，以提升成果品質為目的。一般來說，審稿應至少設置初審、複審兩個關卡，初審是就撰稿稿件作全面式的審修，複審則為重點式的審修。

6、清稿組：在公文處理中亦有所謂「清稿」，指的是承辦人員依據公文陳核中長官之審改標記修正原稿，使成為最後定稿。今辭書編輯係採機上作業，每個撰、審關卡都能直接刪改文字，無須再作標記，何以還有清稿的需求？此係辭書編輯之清稿，包含所有形式元素的校正，除了改正錯漏字，更重要的是——依據體例規則調整每個條目釋義的行文次序、徵引文獻時的出處標示等。是以，清稿猶如產品出廠前的修整工作，可使成果樣貌具備一致性，就工具書來說，即為以同樣的格式描述不同詞條中相同類型的內容，此形式整齊之追求，係為提升成果之易讀性，是工具書編輯中極為重要的流程，概安插於各個審查關卡間，至於執行次數，在不同的編輯工作中，隨著編輯成本的多寡而有不同，或於每個審查關卡後都清一次，或僅安排於某個審查關卡後，惟凡有編輯經驗者概可知，稿件中的誤植極難「趕盡殺絕」，永遠都有漏網之魚，故校讀程序重覆再多次也不嫌多，是以，如時間、人力足夠，不妨安排多次清稿，或者至少在定稿前安排一次清稿，以提供幾近完稿的成果給總編輯定稿，使定稿階段可聚焦於整體成果均衡性之調整，而無須費神於形式問題的處理。

7、成果編輯組：經過一連串流程編輯出的成果，必須有適當的界面加以呈現，此一界面的設計，即為本組責任。其設計重點有二：一由編者角度切入，思考如何有條不紊地編排複雜資料，準確傳達編者的編輯理念；一由讀者角度切入，思考如何營造簡明舒適的閱讀版面，儘量減輕讀者檢索和瀏覽的負擔。此外，本組並須負責安排成果的校訂，惟此校訂，與「清稿組」之檢校重點不

同，清稿階段係著重於用字勘誤、格式調整，「成果編輯組」則側重在成果的檢校，例如：各條目的編排格式是否一致？資訊處理是否造成內容的錯置？嵌入網頁的字圖是否正確？此為字典成果之最終品管關卡，至為重要，尤須嚴格審慎。

（三）資訊組

1、資料處理組：今日工具書編輯，無論以紙本或電子格式出版，均已走向資訊編輯環境，機上作業取代了筆墨紙硯，資料庫取代了傳統的檔案櫃。在此其中，資料庫格式的設計、不同資料庫的交互關聯、資料建置方式、資料交叉驗證比對等，都需要專業資訊技術的支援。

2、網頁編輯組：本典預計以電子格式出版，基本上，不外乎以網際網路作為傳播平臺，以瀏覽器軟體作為展示界面，故網頁編輯技術也是必要的。一般資訊界開始製作字書網頁時，常由蒐尋引擎的角度切入，將目標設定為——讓使用者能找到所需資料，惟辭書之查詢由書面索引轉化為電子檢索，其本質仍為辭書，檢索方式必須考慮到語文學理及教學需要，檢索結果則應顧及語文指引及讀者需求之輕重，故本組在進行辭書檢索網頁之設計前，應充分了解編務組之成果編排及檢索規劃，同時必須參考讀者使用紙本辭書之習慣，然後再作超文本語言編寫等資料處理。此外，在網頁視覺上，應留意辭書網頁係以文字為主體，須避免視為商業網頁，施加過於複雜、花俏的設計，造成失焦。總之，辭書從紙本走向電子化，載體有所不同，檢索、取用、傳播、修訂都更為便利，但辭書的本質並未改變，這是在製作辭書檢索網頁時必須把持的態度。

3、字形處理組：本典收錄大量源於傳統文獻用字，勢必有大量字形超出資訊中文字集可供應的範圍，則必須規劃其他因應處理方式。教育部《異體字字典》目前公布於線上的兩個版本，分以下列方式處理系統字集以外之字形：

（1）第五版：A>使用自造字，讀者須安裝造字檔；B>掃描手寫字形，再將每個字形製成可嵌入網頁的圖檔。

（2）第六版（至 2017 年 7 月尚為試用版）：完全以圖顯示字形，並提供手寫、電腦宋體兩種字體供讀者選擇。

就讀者角度而言，須另行安裝造字檔是較為不便的，且不同來源的自造字字型

檔可能互相衝突，故由各方面加以評估，全數以圖顯示或爲較可行的方案。整體而言，本組最主要的任務當爲先行衡酌本典所採用的資訊中文字集版本，接下來，便針對字集範圍以外的字形進行製圖。至於字集的選擇、字圖製作的規格，都需要考量較爲普及的資訊環境，方有利於成果推廣。

二、編輯流程的設計

辭典編輯，在中西都已有十分久遠的歷史，也留下不少成果，後世使用這些工具書時，無論褒貶，大概都只能從或簡或詳的凡例中約略窺知局部編輯概念，有關實務層面的編輯流程、編輯技術則無從得知，然而，一部工具書之編輯成功與否，實務層面的規劃至爲關鍵，其中每項工作項目的設定與執行的先後安排，對於整體編輯均有重大影響，如規劃失當，勢無法達成編輯目標，故前人編輯經驗實爲極重要之參考資訊，所幸，在教育部編輯的幾部線上字、辭典中，《重編國語辭典修訂本》、《異體字字典》除有詳細的凡例說明成果架構，另有「編輯總報告書」詳細記錄了實務層面的歷程，其中《異體字字典》之報告書又甚爲貼近本文需要，故此主要參考該報告書，並依據筆者個人編輯實務經驗，規劃本字典整體編輯流程如圖表50。

此處將編輯中的主要工作項目，置放於一個縱向線段上，用以表示工作執行之先後，使得於前文離散提及之各項工作得以關聯。但必須特別留意的是——流程中安排之各項工作先後序，係就各項工作「啓動」的時間而言，有此項目在實際的編輯實務工作中，必然有一部分是並行的，例如，撰稿累積了一定稿量後，即可展開審稿，同樣地，審稿累積一定稿量後即可展開清稿，清稿累積一定稿量後即可展開定稿，如此可縮短整體工作期程，後一關卡又可以前一關卡尚在執行時，即時回饋其觀察結果，則有助於提升各階段成果品質，使編務工作之推展更爲順暢。

〔圖表〕50：本字典整體編輯流程圖

```
┌─────────────┐
│  企劃與籌備  │
└─────────────┘
       ▽
┌─────────────┐
│ 資料蒐集與建檔│
└─────────────┘
       ▽
┌─────────────┐
│   資料分析   │
└─────────────┘
       ▽
┌─────────────┐
│   體例建構   │
└─────────────┘
       ▽
┌─────────────┐
│   字形收錄   │
└─────────────┘
       ▽
┌─────────────┐
│     撰稿     │
└─────────────┘
       ▽
┌─────────────┐
│     審稿     │
└─────────────┘
       ▽
┌─────────────┐
│     清稿     │
└─────────────┘
       ▽
┌─────────────┐
│     定稿     │
└─────────────┘
       ▽
┌─────────────┐
│   索引編輯   │
└─────────────┘
       ▽
┌─────────────┐
│   成果編輯   │
└─────────────┘
       ▽
┌─────────────┐
│   成果校訂   │
└─────────────┘
```

三、編輯工作的控管

　　凡屬人為工作，均難免疏誤，更何況辭書編輯是為群體工作，可能發生的錯誤更是五花八門，難以掌控，然而，辭書是人們遇到問題時求教的對象，相較於其他著作，更是不容有錯，故特別需要嚴格的品管。此外，辭書編輯往往必須處理大量具有學術性資料，如未加控制而過度耗時鑽研，可能導致工作進度大幅落後，無法在預定期程內集結成果。是以，辭書編輯工作之控管，有執行進度、成果品質兩大重點，分述如下：

（一）進度的精算與控管

　　進度控管，以於設定期程內完成編輯工作為目標。據說，《牛津大字典》原預估利用 10 年編訂一部 7,000 頁的字典，經費為 9,000 英鎊，最終，這部字典前後花費了 54 年（原估之 5.4 倍），成果為 16,000 頁（原估之 2.3 倍），支出經費則高達 30 萬英鎊，逾原估經費之 33 倍。如此結果，似乎說明編輯單位為成果品質可以不計代價，對辭書編輯工作者而言，這是段人人稱羨的「佳話」，更

是段「神話」，因爲編輯期程越長，人員薪資、設備支出等資源需求也就越高，人力及財力有限的投資者，大多難以負荷過度的超支，以《牛津大字典》的例子的來看，如總編輯在第 10 年時提出增加 44 年期程的編輯計畫，一般來說，其續編的機率幾近於零，較有可能的最終結局反倒是──編務工作腰斬，近十年的努力付諸流水。是以，進度的規劃與控管，往往是辭典編輯成功與否之關鍵，或可採取以下做法加以掌握：

1、以逆推方式估算各項工作之執行期程：完成工作流程規劃後，由總體期程之終期往前推，配置各階段工作之起訖時間，作爲後續進度掌控之基準。尤其對於撰、審稿等大宗工作，更是必須兼顧可行性，精算出合理的期程。

2、依各項工作允許之期程決定執行內容：辭典編輯是一場理想與現實的戰爭，可做的事太多，但可用的時間永遠不夠。編輯者必須以可行性爲首要考量，擷取出必要執行的工作內容，然後進行實地試作，再取其達成量之七～八折估算進度（因應編輯過程非預期的工作延宕），計算後，如有超出期程的情形，則必須回頭檢討所規劃工作內容，再酌予減量。

3、採階段檢討監控各項工作之執行進程：進度掌控對於辭書編輯者是相對嚴峻的，首先，當面對大量學術材料時，極易因過度鑽研而未能意識到時間的流逝；再者，因辭書編輯之總期程較長，在期程未及半時，編輯者常忽略時間的壓力。爲避免進度失控，導致工作中、末期壓力過大，故須由初期起便安排月檢討、季檢討等，定期檢核進度，如有落後就立即解決。

（二）體例的掌握與貫徹

品質控管，以體例掌控爲關鍵。所謂「體例」，即編輯過程中必須遵循的規則，此於前文中已有論述，體例中所訂規則，除編排形式外，亦包含內容規格。而之所以必須要求編審者執行編纂時恪守體例，一則因辭典編纂爲群體工作，以體例統整所有編審者之執行方向，始能達成「宛若出於一人之手」之目標；再則，體例之設計除考量讀者之需求，同時亦考量執行之可行性，若非以體例爲規矩繩墨，不及則或無法滿足讀者需求，過多則或因費時較多而造成進度延宕。是以，體例之掌握不但直接影響最終成果之完整性與均衡度，亦間接影響進度的推進。在實務上，體例問題之處理須特別留意下列事項：

1、訂定明確清楚之體例規則：誠如前文中所論，體例之設計，必須兼顧內涵及形式。內涵設計，決定成果的學術價值，以及檢索效能；形式設計，則決定成果的呈現樣式，以及各條目內容之整齊與均衡。而惟有訂定清楚明確之規則，避免留有不同解讀空間，方能使執行者充分了解編纂規則。

2、要求編審者嚴守體例規則：無論體例訂得如何周詳完整，其於成果之展現，端有賴編輯團隊中每個成員之執行。是以，在體例未成形之階段，編輯成員應充分討論，體例訂定之後，則無論是基層撰稿人員或統領編務之總編輯，都必須捐棄個人堅持，服膺體例規則約束，始能貫徹體例，達致預期目標。

3、避免輕易變更既定之體例：經過不斷的重覆陳述，體例對於字書編輯之重要性當甚為彰明。而正因其有牽一髮而動全身之效，故須慎乎始，規劃時便當全盤考量，充分討論，反覆試作，一經正式執行，則應要求終始如一，切忌中途見獵心喜而思大幅調整。此乃因體例一旦變更，為求齊整，或必須一切重頭，將使前功盡棄，士氣耗損。

4、設定多重之體例檢核關卡：人為之事，難免疏忽，故應設下檢核關卡。體例檢核有兩大重點：

（1）形式檢核：包括釋義之統一用語、通用字的統一（如「布」與「佈」、「占」與「佔」等）、書證之文獻出處標示格式、例證之數量與排序、內容編排格式等，多由清稿組人員負責。

（2）內容檢核：主要為學理性內容之考覈、釋義風格之統一等，此多由主要負責全典成果之總編輯於定稿時處理。

如前文中所提及，辭書編輯常常是一場理想與現實的戰爭，編輯體例則為編者在歷經理想與現實拉扯後作出的折衷選擇。此一選擇，難言優劣，往往立足於「理想」放眼，盡是遺珠之憾，立足於「現實」眺望，則是千鈞重負。無論如何，體例既定，便成編輯鐵則，應以貫徹如一為基本態度，過程凡有更動念頭，都必須精算可能導致之成本增加，再據以評估編輯團隊之負荷能力，謹慎地作出最後決策。

四、編輯期程與經費

關於全典編輯期程，如以成果盡善盡美為目標，編輯工作將永無終止之日，故較為理想的方法，應為綜合考量編輯工程規模、經費預算、發行時間、

工作團隊心理因素等，估算工作總期程之最大容許值。筆者參考教育部《異體字字典》第五版之大事紀〔註46〕，本典自 1995 年組成編務團隊至 2004 年正式五版正式公布，前後歷經約 10 年，本文所提異體字字典收字來源限於漢文佛經，範圍較小，惟擬採取以原始語料爲核心的編輯方法，相對於利用經前人整理之字書，又較爲費力，如此藉助該典編輯經驗加以推估，本文所提編輯規劃之工期需求，亦可概估爲 10 年，然後再後續之維護期仍持續補充資料。此配合前文所提三大類收字來源，整體分期或可概略配置如下：

〔圖表〕51：編輯期程配置表圖表

期程（年）／工程項目	編纂期										維護期
	1	2	3	4	5	6	7	8	9	10	11～
前置作業〔注1〕	■	■									
工具書字形蒐錄			■	■							
大藏經字形蒐錄					■	■	■				
單行本佛經字形蒐錄								■	■		
成果編輯										■	
增編與修訂〔注2〕											■

注 1：「前置作業」指進入正式內容纂審前之各項作業，包含工作方法及體例研擬、資料蒐集及資料庫建置、語料分析等。

注 2：「增編與修訂」爲維護期之主要工作內容。因本典規劃採電子格式發行，內容可隨時更動，故於維護期時，可就編纂內容之疏漏加以修訂，並可有計畫地作少量補充。

　　在經費部分，編務工作中的每一項需要，一般來說都代表著經費需求，例如人力需求代表著人事成本（除非爲義工），文獻需求代表資料購置成本，稿件審查需求代表著審查稿費成本，總經費額度越高，運用起來就越爲寬裕，故於經費之估算難有定數，惟於一份具體、完整的編務計畫中，仍應概估出需求經費，所概估經費中應包含下列必要項目：

　　（一）人事費：包含專、兼任人員之薪資（月薪及時薪）、獎金、保險費用等。

　　（二）人員差旅費：人員因公出差所需之交通、住宿、膳食等費用。

〔註46〕教育部，《教育部《異體字字典》編輯總報告書·附錄——編輯紀要·大事紀要》，2002 年 5 月。附於育部《異體字字典》正式五版附錄，瀏覽日期：2017 年 8 月 27 日。

（三）資料購置費：基礎文獻、編輯參考書籍等相關資料之購置費用。

（四）會議經費：群體工作，參與工作者必然需要不時共同蹉商，以形成工作共識，故有相應的會議費用需求，其中包含出席費、與會者交通補助費、誤餐費等。

（五）稿費：可依實際分工編列撰稿費、審稿費、校稿費等。一般著作多以字數為計費單位，字、辭書編輯以文字精簡為最高目標，加以專業需求較高，故多以撰審資料筆數計算，並綜合考量稿件學理程度、所需工時核算單價。例如，某批稿件須由助理教授以上人員審查，又平均工時為每小時可審查 3 筆，則以助理教授大約時薪 750 元除以 3，可酌訂每筆資料之審查費為 250 元。

（六）檢索系統建置費：因本字典成果擬以電子格式發行，故相應有系統建置所需費用。

（七）設備費：包含電腦、資料數位化設備、辦公家具、事務機等購置費。

（八）雜支：包含文具、紙張、郵票、電池、資料夾等消耗性物品。

以上經費項目中，人事與稿費當為最大宗的支出，如以專任編務人員 20 名、月薪 3 萬 5,000 元作粗估，10 年工期的人事費需求便達 8,400 萬，如以一般研究計畫之人事費普遍占總經費約 50%推估，所提編輯計畫總經費需求達 1.5 億以上。

第五章 結 論

　　本論文題目設定爲「漢文佛經異體字字典編輯方法研究」，顧名思義，是以「編輯方法」爲研究主體，以「漢文佛經異體字字典」爲此編輯方法之施作對象，全文架構及論述進程大致如下圖：

〔圖表〕52：本文全文架構及論述進程流程圖

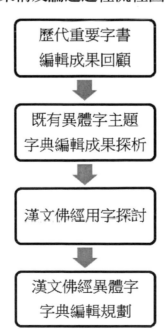

由以上架構可知，在進入漢文佛經異體字字典編輯規劃前之論述有二個議題：一爲探析既有字書編輯成果，兼及傳統字書中之「異體字」概念；一爲探

討漢文佛經用字之特殊性。其中前者占有較多篇幅，係因建立一套編輯方法爲本文主要目標，以漢文佛經用字爲對象，則因筆者以爲，漢文佛經從古至今均有廣大讀者群，其文體非屬當代語言，用字又自成體系，實有加以整理並編成專科字典之需要。

此一章節將梳理前數章之論述，推定本文所提漢文佛經異體字字典之編輯規劃是否具有可行性，進而提出對於該典編成後之效益評估。再者，每篇論文囿於各項主、客觀因素，概有其侷限性，相對而言也代表尚有後續發展空間，筆者擬透過自我檢討，省視本文可堪利用之價值，同時明其罅漏。

第一節　本文所提編輯方法執行之可行性

觀歷代字書之發展，其內容多有傳承，如《玉篇》本諸《說文》，《正字通》就《字彙》加以增補，《康熙字典》又以《正字通》爲根據，又如當代教育部之國語辭典，最初版本爲 1936～1945 發行的《國語辭典》，重編後爲 1947 年出版的《重編國語辭典》，就重編本再作修訂後，則爲 1994 年的《重編國語辭典修訂本》網路版。細察各典傳承模式，對於所承者之內容大致盡量吸納，然後另行補充其他材料。如此做法，優點在於能保留既有成果之精華，惟可能亦同時存在以下缺失：

一、歷史語言部分：無論中外，字書源起概爲「難字表」之概念，主要爲解決文獻中艱澀用字問題，惟所謂「艱澀」的標準是浮動的，學者以爲易者一般大眾未必能懂，古人之常語今人未必能解，加以經過時代淘洗，留下的古典文獻逐漸消滅，每個時代所面對的文本勢必不同。是以，即便爲歷史語言，亦不宜一味堆疊既有成果中之收詞，而必須針對當代需要重新篩選及補充。

二、現代用語部分：語言不斷地流變，凡生活型態、文明發展、文化特色，都影響了語言的生滅，筆者以爲，每部辭書或每個修訂版本，均應反映時代。是以，在現代用語的收錄上，一則應就當代語用進行調查，充分反映流動於當代的「活語言」；一則必須對於所承成果之收詞加以省視，區隔出於實際語用中已淘汰的「死語言」。

基於上述原因，筆者提出以語料庫爲基礎的編輯觀念，運用於漢文佛經用字字典之編輯，語料庫建構來源即爲大量的佛教經典文本，且在無法盡收文本

中所有用詞的限制下，亦以統計文本用詞計算出的詞頻為參考。具有多年辭書編輯經驗的曾榮汾先生在《辭典編輯學研究》一書中說到：

> 多少年一直有一個願望，盼望國內能出現具有高度水準的辭書。這裡所說的高水準，並不是只經費很充裕，資料收的很多的意思。而是指在編輯理念上，是有學理依據，所用的資料是從原始資料抽取出來，能很放心，無所疑慮的，也能真正產生「老師」的教導功能。這不容易，因為辭典編輯是一個群體的傑作，與整個辭典學研究環境很有關係。〔註1〕

其中所提「所用的資料是從原始資料抽取出來」，依筆者體會，當係期待字、辭書收錄字詞、字詞釋義均源於一手文獻，而非迻採重新謄寫或轉釋的二手資料，或者經過轉引的文獻。就學術領域而言，此一採用一手文獻的做法似乎是理所當然，但就辭書編輯實務而言，卻有相當的執行難度，試想，如教育部《重編國語辭典修訂本》承自《重編國語辭典》約 12 萬詞，即便其中附有書證者為八成，又 1 個詞僅有 1 個義項、1 個書證，全數重新還查原始文獻也有近 10 萬筆，是極大的工作量，如擬另設書證選錄標準，重新於浩瀚文獻中大海撈針，就更是難上加難。總而言之，以原始資料為起點的編輯方法，相對來說是吃力不討好的艱難道路，如類比於建築工程，編輯基礎資料庫之建置與分析，像是地基建造階段，花費了大把時間和力氣，在外人眼中卻是毫無成果。惟筆者以為，字、辭典編輯無法在一次編輯工作中窮竟全功，即便是同一主題，或因發現新的文獻，或為服務不同讀者群，都可能以既有材料為基礎，展開新的編輯工作，故如能在初始即建置較完整的編輯基礎資料，這些資料將不僅於一次編輯利用，而是具有長遠發展之價值，是以，即便已預知路途險阻重重，筆者仍提出「以語料庫為基礎」為主軸之編輯規劃，擬暫時放棄經過前人整理的字、辭書，無論字形收錄、字義解析，皆由原始資料中直接抽取編輯所需元素，則於進入正式編輯前之前置作業，大致須經以下程序：

〔註1〕曾榮汾《辭典編輯學研究》（臺北：世界文物出版社，1988 年 3 月）。

〔圖表〕53：本典編輯前置工作流程圖

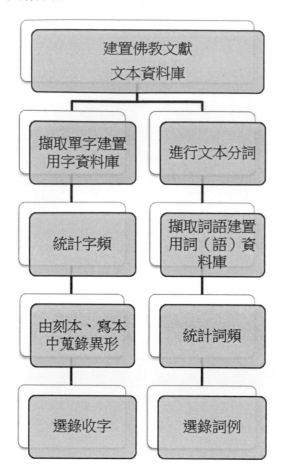

由以上之簡明流程圖當可窺知，鉅量資料之處理，當為此編務工作中首要面臨之挑戰，也是影響規劃可行性之最關鍵環節。筆者以為，如需完成此一理想，勢必需要以下條件之配合：

一、健全的心理準備：語料庫建置與分析，是屬建築工程中的地基建造，於此階段，編務執行者必須埋首於枯燥與繁瑣的資料中，一再重複相同的操作步驟，但沒有任何一個條目因此而完成編輯，無法獲得工作的成就感。對於編務工作的管理者及出資者而言，則將有很長的一段時間，難以明確掌握工作進程，同時也看不到所費資源所得之具體報酬，極易對此工作之價值產生質疑。有關辭書編務特有模式對於人員心理的影響，曾榮汾教授在《辭典編輯學研究》中曾提及：

> 無論字辭典的編輯，工期一般來講都相當長，……它整個流程的完
> 成時間就等於全部的編輯時間，每一個步驟的推展都需耗時費日，

這種「緩慢」的感覺讓許多人失去了原有的耐心而開始急躁難安。
〔註2〕

一旦心理未能負荷環境帶來的壓力，或執行人員流失，或出資方面減資，對於編務之推展均爲重大傷害。是以，無論是工作者或資方，在投入工作之前，都必須先作好心理建設，尤其以語料庫爲核心的編輯方法，在語料庫建置階段，曾先生所謂之「緩慢」感將尤明顯，心理素質之強化特別重要，是以，此將心理建設列爲決定規劃可行性之首要條件。

二、足夠的資源籌備：本文所論「漢文佛經異體字字典」爲一部大型工具書，無論是原始資料、編輯資料都屬鉅量，在進入正式編輯前的語料庫處理，更是其中最爲耗時費力的工作。所謂工欲善其事，必先利其器，爲能順利推展編務，在工作執行之前，必先推估工期中各階段所需資源，並預爲備妥。而編輯資源之需求者爲編者，資源之來源則爲出資者，此二者的態度往往是對立的。對於編者來說，基於追求成果盡善盡美之立場，編輯資源從來只嫌太少，不嫌太多；對於出資者而言，因爲必須考慮收益，當然希望成本越低越好。兩者必須相互協調，定出最終的基準。而所需資源之估算，應包含以下三個部分：

（一）時間：對於編者來說，工期越長，越能夠從容地應對工作，對於成果越能夠精雕細琢；對於出資者而言，則工期中的每一秒都必須化爲成本考量，暫且不論不容小覷的人事費，當人員進到工作場所，即便什麼也不做，工作空間本身可就能需要房租支撐，一盞燈、一臺電腦需要電費支撐，工作人員飲水、如廁用水則需要水費支撐，這些看似微不足道的支出，逐項看來細瑣無傷，但累積起來仍甚爲可觀。是以，出資者對於工期不可能不作限制，又因成果上市後，付出成本方有機會回收，故而期盼盡量縮短工期。本文參考教育部《異體字字典》正式五版之大事紀〔註3〕，所提編輯規劃工期需求概估爲 10 年，如實際編輯期程少於所需，標準目標便須相應調整。

（二）人力：編輯人力之考量，不外乎質與量兩方面，就本文所提編務規

〔註2〕 曾榮汾《辭典編輯學研究》（臺北：世界文物出版社，1988 年 3 月）。

〔註3〕 教育部，《教育部《異體字字典》編輯總報告書・附錄——編輯紀要・大事紀要》，2002 年 5 月。附於育部《異體字字典》正式五版附錄。（瀏覽日期：2017 年 8 月 27 日）

劃，需求分別如下：

1、人員的質：「質」指的是人員的專業能力，各階段編務工作所需專業高低及領域不同。負責編務規劃、內容撰審者，分別需要高階的辭典編輯學及佛學領域專業；負責稿件收發等事務性工作、清稿工作者，則須具備一般程度的編輯、語文領域專業。

2、人力的量：「量」指的是編務執行人員的人數，需求量與工期息息相關，工期越長，需求人力量越低，工期越短，需求人力量當然就越高。但因為辭典編輯歷經多個流程，每個編務階段所需投入的人力數量不同，為避免人力閒置，故編務人力多分成專任、兼任二類，專任人員負責所有常態性工作，兼任人員則在不同階段分批投入不同工作。同樣參考教育部《異體字字典》，其正式五版設專任執行編輯 14 名，支援性人力則近八十名（不含編輯委員會中的學者專家），當為上述概念下的配置狀況，由此推估，本文所提編輯規劃之專任編務人員當或需 15～20 名，至於兼任編務人員，就本文所提規劃，語料庫建置及分析階段須面對鉅量資料的處理，故當為需求人力數量最高的階段。

（三）經費：編務工作中的每一項需要，一般來說都代表著經費需求，例如人力需求代表著人事成本（除非為義工），文獻需求代表資料購置成本，稿件審查需求代表著審查稿費成本，總經費額度越高，運用起來就越為寬裕，故於經費之估算難有定數，惟於一份具體、完整的編務計畫中，仍應概估出需求經費。本文所提編輯規劃，整體經費包含人事費、人員差旅費、資料購置費、會議經費、稿費、檢索系統建置費、設備費、雜支等項目，概估達 1.5 億以上。

三、完備的文獻蒐集：漢文佛經異體字字典，顧名思義，字形為其中最重要資料。於本文所提編輯規劃中，先利用 CBET 建置基礎字庫，惟此主要為蒐錄及建檔之便，就其溝通古今異形之編輯目標，歷代流傳至今之漢文佛教經典方為最重要的字形來源。而佛經因讀者眾，流傳廣，異本多，版本情況十分複雜。就形式言，有多種大藏經等合集，有單經別集；就用字言，有寫本，有刻本，有鉛字印刷本，亦有採用電腦字型之今本。這些經典又存放在世界各地，未必能夠取得。編者首先必須全盤了解不同文獻的價值意義，以及取得之途徑，然後籌劃出一份切實可行的書單，然後進行文獻蒐集。又

文獻之蒐集，應以建立原件影像檔案爲最終目標，故編者應善用當代資訊設備，除了固定式的事務機，手提式掃描器、相機也是極爲便利的電子設備。總括來說，使文獻蒐集完備之法，以建立完整書單爲首，劃定須取得文獻爲次，再者，則爲取得文獻，或運用適合的設備取得文獻影像。

　　四、高階的專業能力：辭書編輯向來需要跨領域之專業合作，辭典編輯學爲首要需求，其次則依編輯內容、編輯實務而各有不同的專業需求，就本文所提編輯規劃觀之，所需專業領域如下：

　　（一）辭典編輯專業：中西辭書編輯都已有上千年的歷史，但一直以來都沒有形成專門學科，並且，多數人不以爲這是一種專業，認爲中文系就能編出一般語文辭典，醫學系就能編出醫學大辭典……，然而，辭書編輯本身之流程設計、工作管理、編輯技術、成果版式等，均非含括於上述學科之專業訓練中。是以，辭典編輯實應獨立爲專門學科，誠如曾榮汾先生所說：

> 因爲有了一個學術體系，透過閱讀與傳授，有關辭典編輯的學理與技術也會隨之而慢慢散播出去，一則可使新的「辭典人」獲得有體系的訓練，二則借著交流可使技術更成熟，三則可讓更多人暸解辭典編輯的眞面貌，四則可帶動整個工具書編輯環境的改善，五則會刺激相關學術的發達。〔註4〕

曾先生此書發表近三十年後之今日，辭典學仍未發展爲國內大專校院中的獨立科系，惟已有部分院校之中文系所開設相關專業課程，學術界亦見不少相關專文及專書，大陸地區學界之發展則又更爲蓬勃，可以看出辭典編輯逐步邁向專業學科之趨勢。觀目前環境，雖缺乏受過學院正規訓練之專業人才，但不乏有累積大量實務經驗者，足資承擔新興編務工作中所需之辭典編輯專業。

　　（二）佛學專業：漢文佛經異體字字典定位爲佛教專科工具書，其編輯過程中，必須處埋大量的佛教經典。無論是書目建立、版本分析、佛教領域用語解讀，都必須仰賴具備佛學專業者。

　　（三）文字學專業：漢文佛經異體字字典以佛教爲主題，以字形爲主體內容，在文字部分，佛教領域中或有其特殊字用，惟若論形體演化與字際關係的釐定，仍統攝於整個漢字流變脈絡中，仍有賴文字學專業者協助處理。

〔註4〕曾榮汾《辭典編輯學研究》（臺北：世界文物出版社，1988 年 3 月）。

　　（四）資訊專業：資訊專業之需求主要在兩個部分，一為編輯資料建置及解析，一為擬以電子格式出版之成果。有關後者，成果編輯樣式之規劃，主要仍為編務專業者之職責，資訊專業者僅須就規劃進行資料處理，一般資訊廠商大概都具備足夠能力，故此非編務團隊中資訊專業人員之主要需求。編輯資料建置及解析，則為編務工作中之常態性需求專業，尤其是語料庫建置與解析階段，從文本的建立、文本分詞、字詞頻計算、同質資料關聯等，都需要高階的語料庫專業人員協助。

　　此外，就筆者編輯經驗，編輯工程之成敗，編輯方法之優劣實非唯一關鍵，執行者之恪守體例，亦為不可或缺的要件。據本文所提編輯方法，在編輯前已先行累積大量的編輯參考資料，編輯者在面對這些大量材料時，必須拋棄個人喜好與學術見解，概以體例規定為取捨依據，作為最後把關的定稿者（一般為總編輯），更是需要毫無動搖地嚴守此一編輯鐵律，始能將成果作適度裁剪，貫徹寄託於體例中的編輯團隊共同目標。而此一拿捏其實並非易事，尤其一部辭書的審查者、總編輯，概多具備深厚學術背景，對於學理問題，必有其個人見地，面對自己所愛好的素材，亦或難以割捨。曾榮汾先生在提及辭典編輯的諸多痛苦時，曾提到為爭取編輯資源奔忙時的感受：「本來是可以在家成『一家著述』的，卻得去委屈求全。」〔註5〕其實當編輯團隊共識體例與個人見解產生衝突時，編者以極大毅力決然放棄自我。遵從體例規定，也同樣會讓編者感受到如此「委屈求全」的痛苦，故如欲投入辭書編輯工作，首先必須堅強個人心志，預作長期抗戰、捐棄己見的心理準備，方能穩健、耐心地走在編輯的長途旅程上。

　　字、辭書作為「不說話的老師」，廣博堅實的學術背景自為必要條件，故本論文亦反覆申述專業的重要性，惟據筆者累積二十年之編纂經驗，編者之淵博學問實不足以成就一部辭典，如過於堅持，反而可能成為編纂過程中的障礙，故特作以上補充，以避免過於強調個人學術修為之偏誤。

　　總結來說，編輯規劃畢竟為紙上談兵，規劃之執行則有賴於編輯團隊中的每個個人，規劃執行之成功則有賴於人合和同心，是以，團隊之群策群力與不斷提昇，亦為編輯成敗關鍵，此當為所有辭典人應具備之首要共識。

〔註5〕曾榮汾《辭典編輯學研究》（臺北：世界文物出版社，1988年3月）。

第二節 本文所提編輯方法實踐之預期效益

本論文設定「漢文佛經異體字字典編輯方法研究」為題，係如第一章「研究動機」中之描述，係筆者就佛經語言研究、佛經識讀、佛經專類工具書等幾個角度切入，認為漢文佛經異體字字典之編輯有其必要性，故進行編輯方法之研究。如依所提編輯方法得以實踐，並完成一部漢文佛經異體字字典，筆者以為無論是字典成果，或是編輯過程中建置之各項資料庫，皆應有具體效益，梳理如下：

一、字典成果部分

（一）有助於佛教文獻識讀

作為一部「字典」，示形、說音、解義以明其用法，為其基本功能。本典以佛教經典用字為收錄範圍，又聯繫經典中各種同字異形，歸指於當代最具辨識度之字形（正字），讀者透過如此路徑，便可藉由自己較為熟悉的符號作為橋梁，識讀或記憶佛經用詞。例如讀者或不識經書中「普度」一詞，經查詢本典，可認知此實為佛教領域中常見的「普度」一詞。如此功能，有助於一般讀者閱讀佛經，亦有助於佛教文獻研究者對佛經之詮釋。

（二）有助於佛教文獻數位化

誠如蔡永橙諸位先生所言：「近年來，隨著數位資訊科技的進步及網際網路的普及，逐漸改變了人類在知識處理及溝通的方式。」[註6] 文獻數位化就是一種知識處理的新模式，其目的不外乎為知識保存與知識共享，手法不外乎影像化、文字化。佛教經典向來推擁有廣大的讀者群，其中讀者或因宗教因素，或為學術研究，佛教界為供應利用，早已有規模地進行佛教文獻數位化工作，中華電子佛經協會（CBETA）即為其中極具代表性的組織，且為求檢索之便，係採取文字化的做法，觀其網頁提及為此事業之宗旨云：

> 收集所有的漢文佛經，以建立電子佛經集成。
>
> 研發佛經電子化技術，提昇佛經交流與應用。
>
> 利用電子媒體之特性，以利佛經保存與流通。

[註6] 蔡永橙、黃國倫、邱志義《數位典藏技術導論》，臺北：臺大出版中心、中央研究院，2007 年 11 月。

期望讓任何想要閱藏的人都有機會如願以償。〔註7〕

依其工作組織等描述，大致可推知，數位化的方式不外乎兩種途徑，一為依據紙本文獻輸入文字，一為掃描紙本文獻後以電腦軟體作光學字元識別。對於用字取形，基本上以文獻上的字形為準，但文獻時代不同，用字習慣有異，彙集起來便顯得缺乏體系。而此用字問題，向來是漢文漢文佛典電子化時的最大問題，誠如葉健欣先生在論佛經中的「異體字及同形字」時，便有以下描述：

> 漢字處理，是漢文佛典的核心難題之一。過去二十年，擴充字集的
> 辦法，表面上舒緩了罕用「字形」的顯示問題，實際上卻造成輸入
> （檢字）和搜尋的困難（如戶户戸）。……如此不斷地疊床架屋，
> 不要說文史人員，大部分的資訊專業人員都弄不明白。〔註8〕

如檢索 CBETA 之電子佛經，可見「普濟寺」與「普濟寺」，看似異名，如據今日字樣規範，「普」可視為「普」之異體字，實可統一採用「普濟寺」。是以，如有依據當代字樣編輯而成的漢文佛經異體字字典作為用字取形依據，諸多異體字形可歸併至相應正字，將有效減少佛數數位化時之用字量，相對地可以降低造字的負擔。

（三）有助於異本佛經校勘

凡有文獻異本，便可見異文情形。所謂「異文」，從不同角度切入，或有不同類型，徐富昌先生就出土典籍與傳世典籍間的歧異，作了以下歸納：

> 就「字」而言，有通假字、古今字、異體字、訛文、脫文、衍文、
> 倒文等情形；就「詞」而言，有一詞異字者，有異詞同義者，有異
> 詞異義者，有變換句式者。〔註9〕

佛經因傳播需要，一部經典往往經過多次傳抄、翻刻、重編，故有大量異

〔註7〕摘自中華電子佛經協會網站（http://www.cbeta.org/），瀏覽日期：2017 年 8 月 31 日。

〔註8〕葉健欣〈電子佛學資料庫於行動上網時代的機遇〉（《佛教圖書館館刊》，臺北：伽耶山基金會，2012 年 6 月）。

〔註9〕徐富昌〈典籍異文之鑒別與運用——以簡帛本與今本《老子》為例〉（葉國良、鄭吉雄、徐富昌編，《出土文獻研究方法論文集·初集》，臺北：國立臺灣大學出版中心，2005 年）。

本存在，異文自非罕見，從「字」的角度觀之，僅爲用字與字形流變之反映，從「詞」的角度觀之，如爲「異詞異義」狀況，則影響經義之解讀，有進一步釐清之必要。漢文佛經異體字字典可呈現之字形流變脈絡，即可作爲校勘時推求正確用字之線索。

（四）有助於漢字流變研究

文字爲記錄語言的符號，語言爲表情達意的工具，一個時代的群體情意則爲文化。是以，文化之變必然反映於語言的內容，語言之變則必然反映於文字。源於印度的佛教於秦漢時傳入中國，其中經西域傳至中原地區的北傳佛教，爲漢文化注入異質文化，帶來大量的新生語言，相應而生的經典，或見舊字新用，或見新造字，均衝擊了漢字系統。是以，佛教語言及用字，於漢語及漢字流變歷史中形成重要環節，於相關研究中不可或缺。聚焦於漢字研究，爲傳達佛教教義，或有新造的「魔」、「塔」、「懺」等字，又有以既有漢字加以改造的「袈」、「裟」、「茉」、「莉」等字，另有在漢字既有概念下新製的「儣」字〔註10〕，如未與佛教經典加以連結，無法明其字源或字形演變脈絡，漢文佛經異體字字典即可提供此一環節之相關資訊。此外，傳統之漢字研究，著重於「正字」，其他俗寫、異寫相對地較不受重視，如唐蘭先生所說：「俗文字在文字學史上應該有重要的地位，但過去沒有人注意過，這是重古輕今的毛病。」〔註11〕而姚永銘先生則指出：「我們研究漢字，理應包括正字和俗字兩個方面。任何重正字輕俗字的看法都是有失偏頗的，同時也不利於整個漢字學研究水準的提高。」〔註12〕漢文佛經翻譯始於東漢，至隋唐進入全

〔註10〕曾榮汾先生云：「此當據佛教教義所製之字。佛國即爲理想中之極樂世界。《佛說阿彌陀經》云：『從是西方，過十萬億佛土，有世界名曰極樂，其土有佛，號阿彌陀，今現在說法。』又云：『又舍利弗。極樂國土，七重欄楯，七重羅網，七重行樹，皆是四寶周匝圍繞，是故彼國名爲極樂。』又云：|舍利弗。極樂國土，成就如是功德莊嚴。』又云：『舍利弗。眾生聞者，應當發願，願生彼國，所以者何？得與如是諸上善人俱會一處。』故佛國即學佛之人所追求者，故創此會意字，謂之爲天。天者，理想之境也，成佛之境也。」見於教育部《異體字字典》（臺灣學術網路十二版試用版）「天」字異體字「儣」的研訂說明。（瀏覽日期：2017 年 9 月 2 日）

〔註11〕唐蘭《古文文字學導論》，高雄：學海出版社，2011 年。

〔註12〕姚永銘《慧琳《一切經音義》研究》，南京：江蘇古籍出版社，2003 年。

盛期，恰爲中國俗字氾濫的時期，故佛經中必然有豐富的俗字資料，佛經異體字之整理範圍包含了俗字，即填補此一向來較爲弱勢的研究區塊，有助於使漢字研究更爲完整。

（五）有助於樹立異體字形之書寫規範

本文論及佛經異體字字典異體字形之收錄，提出異體字形標準化之觀念（詳第五章第二節），此係源自於對教育部《異體字字典》編輯成果之思考。該典異體字收錄總則明訂：「本字典異體字之收錄，以文獻上已隸定或楷定之形爲主。」〔註13〕概其異體字取形之一筆一畫，基本上依據文獻，在此一原則下，異體字形可細微反映字形筆畫之演化脈絡，惟亦因此，阻礙了部分字形之聯繫，如「勸」字有聲符不同之異體「勧」，「倦」因本字爲「券」而有「劵」，「勧」、「劵」實爲同字，如依正字取形原則，「卷」作爲左偏旁時可一概標準化作「卷」，則二字之聯繫無礙綜言之，如將漢字區別爲符合六書原則、不合六書原則二類，歷代字書所定正字幾乎皆屬前者，故能訂定符合字構學理之標準形體，由此推論，異體字群中屬「符合六書原則」之形體，當亦有樹立標準形之可行性。筆者故提出樹立異體標準形之論點，期於字典編輯層面，降低收錄字形之繁；就漢字整體環境層面，則可減少書寫之紛歧，有助於漢字字形之統整。

二、編輯資料庫部分

依本文所提編輯規劃，各種資料庫之建立屬正式編輯之前置作業，在公諸於世的成果中，無法見其全貌，建置之時，則必須投入大量的人物力資源，如此看來，建置編輯資料庫似乎是十分不划算的工作，筆者提此工作規劃之用意，於之前章節已有論述：一爲建立形音義考查之客觀依據，不再受限於既有訓詁成果之框架；一爲使編輯材料除當次編輯利用外，另具有其他利用價值。有關後者，筆者預期當有以下層面之效益：

（一）有助於佛教經典之彙整

爲確認收字範圍與取形對象，在本文所提編輯規劃中，佛經文獻書單之整

〔註13〕教育部《異體字字典・編輯說明・編輯凡例・編輯體例・分例・異體字編輯體例》（臺灣學術網路十二版試用版）。（瀏覽日期：2018 年 4 月 8 日）

理爲首要工作，此書單容納之資訊，除佛經名稱外，另規劃載錄歷代之各種版本、版本特色、存佚狀況、現今典藏位置等等，期能建立訊息完備之表單，作爲各界佛經文獻研究之基礎參考資料。接下來，本典編輯過程中，將就這份書單擇選部分文獻作爲編輯資料，並取得資料進行數位化，其數位化成果，亦可挹注佛經數位化資料。

（二）有助於佛經語言之分析

本文所提資料庫建置工作中，包含建立佛經詞彙庫一項，並且貫徹「以文本爲主體」之編輯概念，就佛經文本資料庫中之文本進行全面分詞，再將切分出的詞語納入此一詞彙庫。在分詞前，擬先納入既有辭書收詞，以及採用語料庫技術從文本中篩選出的高頻搭配詞，建立一基礎詞庫，作爲分詞依據，以儘量降低人工分詞的負擔。惟即便如此，此項佛經文本全面分詞工程仍是浩大非常，不僅需要處理巨量資料，同時必須兼顧分詞之正確率，所需投入之人力資源必然相當可觀。惟此一詞彙庫如得以建立，可用以更全面地觀照佛教詞彙，爲佛教詞彙特性研究、佛教語言構詞研究等提供研究素材，並作爲客觀的立論憑據。

（三）有助於開展佛教專科工具書之編輯

在不同的時代，因應不同的語言環境，針對不同的需求，辭書必須代有翻新，但語言縱有流變與新生，無論用字、用詞及載錄語言的文本，仍有絕大部分爲歷時的累積，如將所有語言納入一個大語料庫，這個語料庫逐年增加的筆數應屬微量，語言文本雖或大量新增，舊有文本亦不可廢棄。換句話說，即便辭書新編，所需參考資料未必有全新需求，實可逕於既成資料庫添加新生元素即可。惟如傳統辭書編輯方法中，這些過程資料並未受到足夠的重視，編者多僅爲當次編輯蒐集資料，過程中也缺乏留存利用之意識，故這些資料多於編輯完成後便似煙消雲散，了無痕跡，殊爲可惜。筆者以爲，在今資訊發達時代，資料保存並非難事，從事辭書編輯時，應可詳加評詁這些過程資料應用之可能，並且有系統、有主題地加以建置，可作爲後續辭書修訂、新編的基礎，甚至可一併提供讀者參考，使辭書內容信而有徵，如教育部《異體字字典》於各正字下均有「形體資料表」，呈現該正字異體收錄、音義編輯之文獻依據，或即屬相同概念，該典總編輯曾榮汾先生於其辭典編輯

專書中亦明白表示：

> 辭典編輯絕非「一次即永恆」，會讓每一個編輯都知道這是一種需要
> 作長遠設想的工作。一個理想的編輯計畫是要連未來的修訂概念都
> 需要包容進來的，如果得獲得執行，必能使這部工具書不斷的得到
> 新的生命。從這觀點來看，編輯工作也應是百年大計，並非曇花一
> 現，等下一次修訂時再重起爐灶。要知道建立起一個堅實的編輯基
> 礎非常不易的，而且所蒐的資料也不可能一次用完，此次編完了，
> 所留下的規模正是下一次修訂的基礎；這一本編完，就是修訂本編
> 輯的開始。〔註14〕

本文所提編輯規劃，便秉持曾先生所提「連未來的修訂概念都需要包容進來」
的理念，以「建立起一個堅實的編輯基礎」爲目標，擬於過程中建置佛教文
獻資料庫、佛經文本資料庫、佛經用字資料庫、佛經詞彙資料庫等，並期能
開放利用，以有助於開展另一次的佛教專科工具書的編輯，諸如佛教文獻總
目提要、佛經用語辭典、佛教人名辭典等等，均可從中擷取基礎元素，然後
再作其他補充。而利用此資料庫者，或亦可加以回饋，同時爲此資料庫挹注
新材料，使其更爲完備，從而提升後續之應用價值。

第三節　本論文之現存局限與未來發展可能

　　無論就邏輯或現實層面而言，這世上不可能有一部盡善盡美、完美無瑕
的論文，也就是說，當一篇論文完成時，雖或多或少有其成就，其中存在的
缺憾卻也同時塵埃落定。部分缺憾出自於他人對論文主題的更多期待，另則
有部分是操作、寫作過程中即可預知的遺漏。關於後者，著作者是最適合的
評論者，如能自行分析研究成果之不足，揭露其中存在之明顯或隱微問題，
從而加以檢討，始能於「現存局限」中開展出「未來發展」之可能性。

　　本論文以「漢文佛經異體字典編輯方法研究」爲題，以編輯方法之提出
爲近程宗旨，以佛經用字整理爲遠程目標，回顧第一章所提研究目的，則就
近程方面設定了「提出具有理據且切實可行之異體字字典編纂規畫」、「實踐

〔註14〕曾榮汾《辭典編輯學研究》（臺北：世界文物出版社，1988 年 3 月）。

筆者個人二十年來累積之辭書編纂心得」二項。今經漫漫長路，終至終點，就此兩項目的加以檢視，筆者自我評述如下：

一、有關「提出具有理據且切實可行之異體字字典編纂規畫」：所提編纂規畫之細節雖仍有極大的加強空間，惟尚稱全面，亦明確提揭以原始語料為基礎之中心理念。

二、有關「實踐筆者個人二十年來累積之辭書編纂心得」：回顧筆者累積多年之編纂經歷，投射於本論文中者有二，一為因參與教育部《異體字字典》編輯，對於「異體字」課題稍有體悟，能依據字典編輯之實務需求，訂具體明確的異體字定義。其次，經體察辭典編輯史及當代編輯環境，自《爾雅》、《說文》以降，大多辭書選詞立目、說釋詞義皆以歷代字、辭書作為基礎，再加以全新排比及酌增新詞，於是難免受限於既有框架，筆者對此傳統辭書編輯方法加以反思，進而提出回歸原始文本，重新確立語言具體用法之途徑，故而有以文本語料庫為起點之編輯規劃。

惟對比於最初提出計畫綱要時之雄心萬丈，筆者自認為目標之落實程度有限，一則因私我領域中，個人現實生活、學養能力之限制，一則因為客觀環境之限制。現實生活部分無足掛齒，其餘則或可稍予表述，以誌筆者對自身成果之自評與期待。茲述如下：

一、筆者個人學力有限

辭書編輯鮮少有獨立作業的，大規模辭書尤然。是以，辭書編輯工作不但多必須群策群力，亦常常必須仰賴不同領域的學者專家共同合作、集思廣益，就如曾榮汾先生所云：「辭典編輯的知識確是屬於整個社會層面的，就所需用到的學識來說，也是廣泛而非唯一。」〔註15〕即便為不收錄任何專科詞語的語文性質辭書，其所需專業，渾言不分，可總括曰語文專業，析言有別，當中則可區分為詞彙、聲韻、訓詁等不同專業，如另收錄專科詞，則又必須加入各類型專科領域專業。此外，辭書編輯涉及管理學、資訊學等，實非如一般人所以為，中文系學者就能編漢語辭典，歷史學家就能編歷史大辭典，是以，辭書編輯工作本身亦為一項獨立專業。

〔註15〕曾榮汾《辭典編輯學研究》（臺北：世界文物出版社，1988 年 3 月）。

　　就本論文所提編輯規劃觀之，在專業需求部分，涵蓋辭典編輯專業、佛學專業、文字學專業、訓詁學專業、聲韻學專業、語料庫專業、資訊專業等，並且，應於籌劃階段便從各個專業角度加以考量，始能較為周全，今筆者以一人之力研擬編輯規劃，勉強能在辭典編輯、文字學二層面上稍見論述，另憑藉個人近年實務編輯經驗中對於語料庫辭典學之浮淺涉獵，提出「以語料庫為主體」的編輯概念，其餘專業則幾乎付之闕如，尤其因佛學領域知識之匱乏，雖有結合佛教語言特色規劃內容體例的想法，實際執行時，卻深感心有餘而力不足，所提規劃了無新意，亦無法逐行提出一份切合編輯需求之文獻清單。

　　整體來看，筆者囿於個人學力，於本文所提編輯規劃中，在正異體字處理、編輯理念及技術概念等層面，尚稱有所發揮，得見較為明確的論述，所提體例規劃中對於佛經語言特色之呼應，則明顯不足，此當為諸多缺憾中最應優先補足的部分。

二、所提編輯方法尚待驗證

　　在具體的辭書編輯實務中，辭書編輯規劃必須經過試作，然後再根據試作結果修訂編輯規劃，如此循環操作數次再作定案，將有效提升規劃之可行性。筆者所提編輯方法，係以佛經文本為起點，以語料庫建置與分析為前置作業，各項資料庫之建立及分析，可謂編輯執行之成敗關鍵，如擬驗證本文所提編輯規劃之可行性，當至少試作文本分詞，故宜先行備妥一定數量之各類型資料文本，然後進行以下步驟如下圖表 54。

　　以上試作方式，一則須先行累積足夠的資料量，一則須由語料庫專業者進行操作。在上述條件未能具足的情況下，本論文所提規劃實未能進行此一試作流程，故無法提出足以驗證所提編輯方法可行性之憑據。換言之，目前所提規劃雖有理論、個人經驗作為基礎，未來如有付諸實踐之可能，仍須先行確實試作，除驗證規劃之可行性外，另可作為估算所需人力、時間等資源之依據。

〔圖表〕54：漢文佛經基礎詞庫建置方法流程圖

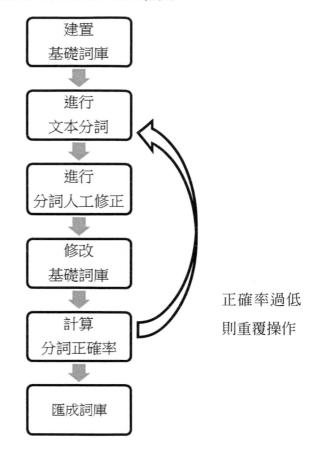

三、所提編輯規劃規模龐大

筆者所提回歸文本，以語料庫為基礎的編輯方法，就執行層面來看，必須面臨極為嚴峻的編輯挑戰。依前文論述可行性時之評估，此一編輯規劃之實踐，可能必須投入 20 名專任編務人員上億的資金，並耗費 10 年以上的時間。如此規模之編務工程，絕非一家出版社能獨立承擔，加以編輯服務對象主要為專業人士，發行後之收益必然十分有限，故亦難以引發出版社投入資源的興趣。

承上，此一編輯計畫之實踐，恐怕只能寄望於佛教界。觀摩電子佛經協會（CBETA）面對電子佛經建立如此巨大工程，除成立固定組織，分組負責佛經建立之各項流程，另透過網際網路廣召志工，無論是佛經文獻之提供、文本之輸入與校對、文句句讀等，均仰賴非組織內之人力支援，進而累積今日所見之可觀成果。此一援引社會大眾力量的做法，亦見於《牛津大字典》的編輯，該

典編輯之初，爲了要從茫茫書海中找出適合的引用例句，也是廣發英雄帖，據說有大約一千多位義工參與例句蒐集，最終匯集了約二百萬張的例句小紙片，成爲《牛津大字典》編輯時不可或缺的基石。

　　筆者以爲，就所須投入之資源來看，此編輯規劃之實踐似乎遙不可及，但因有上述召集眾人投入編輯之成功經驗，又足以顯示編輯中或有某些階段的工作，是可以藉由大眾之力，以投入大量人力的蠶食的方式加以完成，以本文所提編輯規劃來看，各種基礎資料庫的建置、校對，皆可廣召大眾投入，以志工、義工的形式參與工作。至於大規模的編務工作，則恐非任何一個組織可獨立完成，或可考量集結華梵大學佛教學院、佛光大學佛教學院、法鼓文理學院、香光尼眾學院等佛教學術單位，組成強大的學術團隊，共同完成巨量的佛經文獻用字整理工作。在正、異體字對應研究方面，則可考量優先處理 CBETA 佛典資料庫中尚無電腦系統字可用之字形，一則有助於該網站中佛典文本之完整呈現，一則可檢驗以正字規範佛典文本用字之可行性。

參考書目

排序說明：本書目先列中國先秦至清代著作，次列英、美、日等他國著作，再列臺灣、大陸之現代著作。現代著作概以編著者姓名筆畫順序排列。

壹、工具書

1. 〔漢〕許慎，《說文解字（大徐本）》（日本岩崎氏靜嘉堂藏北宋刊本），四部叢刊正編，臺北：臺灣商務印書館，1979 年。

2. 〔漢〕許慎（著）／〔清〕段玉裁（注），《說文解字》，臺北：洪葉文化事業有限公司，1998 年。

3. 〔南朝梁〕顧野王（原編）／宋・陳彭年（重修），《玉篇》，（文淵閣《四庫全書》電子版 3.0 版，香港：迪志文化出版有限公司 2007 年。

4. 〔唐〕張參，《五經文字》（景印宋元明善本叢書十種），叢書集成簡編，臺北：臺灣商務印書館，1966 年。

5. 〔唐〕顏元孫，《干祿字書》（景印宋元明善本叢書十種），叢書集成簡編，臺北：臺灣商務印書館，1965 年。

6 〔五代〕可洪，《新集藏經音義隨函錄》（網路掃描版），《趙城金藏》，諸子百家中國哲學書電子化計劃（https://ctext.org/zh）。

7. 〔五代〕可洪，《新集藏經音義隨函錄》，北京：中國書店，2009 年。

8. 〔唐〕釋玄應（撰）／〔清〕莊炘、錢坫、孫星衍（校）、／〔清〕胡澍（錄），《一切經音義》，北京：中華書局 1985 年。

9. 〔唐〕釋玄應、釋慧琳、〔遼〕釋希麟（撰）／徐時儀（校注），《一切經音義（三種校本合刊）》，上海：上海古籍出版社，2008 年 12 月。

10. 〔遼〕釋行均，《龍龕手鑑》（景印江安傅氏雙鑑樓藏宋刊本），四部叢刊續編，臺北：臺灣商務印書館，1966 年。

11. 〔宋〕丁度等，《集韻》，臺北：學海出版社，2011 年。

12. 〔宋〕王應麟（輯），《玉海》（清光緒九年浙江書局刊本複印本），揚州：廣陵書社，2007 年。

13. 〔宋〕普潤大師，《翻譯名義集》，四部叢刊，臺北：臺灣商務印書館，1979 年。

14. 〔宋〕普潤法雲，《翻譯名義集》（網路版），佛學辭典集成，臺北：財團法人佛陀教育基金會。

15. 〔明〕一如，《三藏法數》（網路版），佛學辭典集成，臺北：財團法人佛陀教育基金會。

16. 〔明〕梅膺祚，《字彙》（明萬曆乙卯 43 年江東梅氏原刊本），國圖善本。

17. 〔明〕楊卓，《佛學次第統編》（網路版），佛學辭典集成，臺北：財團法人佛陀教育基金會。

18. 〔清〕張玉書等，《康熙字典》，臺北：藝文印書館，1973 年。

19. 〔清〕張玉書等，《康熙字典》，臺北：中華書局（同文書局本），1990 年。

20. 〔清〕羅振鋆（初編）／羅振玉（增補）／〔日〕北山博邦（重編），《偏類碑別字》，東京：雄山閣出版，1975 年。

21. 〔韓〕李圭甲，《高麗大藏經異體字字典》，首爾：高麗大藏經研究所，2000 年。

22. 丁福保，《佛學大辭典》（網路版），佛學辭典集成，臺北：財團法人佛陀教育基金會。

23. 中國文化大學、中華學術院，《中華百科全書（典藏版）》，臺北：中國文化大學，1981～1983 年。

24. 中華民國教育部國語推行委員會（編撰）／國家教育研究院（維護），《異體字字典》（臺灣學術網路十一版），臺北：中華民國教育部，2004 年。

25. 中華民國教育部國語推行委員會（編撰）／國家教育研究院（維護），《異體字字典》（臺灣學術網路十二版試用版），臺北：中華民國教育部，2012 年。

26. 任繼愈（主編），《宗教大辭典》，上海：上海辭書出版社，1998 年。

27. 任繼愈（主編），《佛教大辭典》，南京：江蘇古籍出版社，2011 年。

28. 李琳華，《佛教難字字典》，常春樹書坊，1990 年。

29. 延藏法師（主編），《佛學工具書集成》，北京：中國書局，2009 年。

30. 陳義孝，《佛學常見辭匯》（網路版），佛學辭典集成，臺北：財團法人佛陀教育基金會。

31. 漢語大字典編纂委員會，《漢語大詞典》，成都：四川辭書出版社／武漢：湖北辭書出版社，1990 年。

32. 潘重規，《龍龕手鑑新編》，臺北：石門圖書公司，1980 年。

33. 《佛光大辭典增訂版》，高雄：佛光文化事業有限公司，2014 年。

貳、專 著

1. 〔宋〕釋普濟，《五燈會元》，北京：中華書局，1998 年。

2. 〔明〕《明實錄》，臺北：中央研究院，1964～1966 年。

3. 〔清〕王筠，《說文釋例》，北京：中華書局有限公司，1987 年。

4. 〔清〕朱彝尊，《曝書亭集》，四部叢刊續編，臺北：臺灣商務印書館，1966 年。

5. 〔清〕馬建忠，《馬氏文通》，臺北：世界書局，1970 年。

6. 〔清〕張之洞，《輶軒語》，臺北：成文出版社，1978 年。

7. 〔清〕錢大昕，《潛研堂文集》，四部叢刊正編，臺北：臺灣商務印書館，1979 年。

8. 〔清〕邵瑛，《說文解字群經正字》，上海：上海古籍出版社，2002 年。

9. 〔清〕《文淵閣四庫全書》電子版（3.0 版），香港：迪志文化出版有限公司，2007 年。

10. 〔日〕三浦紫苑（著）／黃碧君（譯），《啓航吧！編舟計畫》，臺北：新經典文化，2013 年。

11. 〔日〕飯間浩明（著）／黃碧君（譯），《編辭典》，臺北：麥田出版，2015 年。

12. 〔英〕賽門・溫契斯特（著）／林秀梅（譯），《OED 的故事：人類史上最浩大的辭典編纂工程》，臺北：時報文化出版企業股份有限公司，2015 年。

13. 〔瑞士〕費爾迪南・德・索緒爾（著）／高名凱（譯），《普通語言學教程》，北京：商務印書館，1980 年。

14. 《文史知識》編輯部，《佛教與中國文化》，北京：中華書局，1988 年。

15. 于淑健，《敦煌佛典語詞和俗字研究：以敦煌古佚和疑偽經爲中心》，上海：上海古籍出版社，2012 年。

16. 中華民國教育部國語推行委員會，《重編國語辭典（修訂本）編輯總報告書》網路版，臺北：中華民國教育部，1997 年。

17. 中華民國教育部國語推行委員會，《《異體字字典》編輯總報告書》網路版，臺北：中華民國教育部，2002 年。

18. 王力，《中國語言學史》，臺北：五南圖書出版股份有限公司，1996 年。

19. 王初慶，《中國文字結構析論》，臺北：文史哲出版社，1997 年。

20. 王梅玲、謝寶煖，《圖書資訊學導論》，臺北：五南出版社，2014 年。

21. 王寧，《漢字構形學講座》，臺北：三民書局，2013 年。

22. 史塵封、崔建新，《漢語語用學新探》，天津：天津古籍出版社，2002 年。

23. 曲金良，《敦煌佛教文學研究》，臺北：文津出版社 1995 年。

24. 朱歧祥、周世箴，《語言文字與教學的多元對話》，臺中：東海大學中文系，2009 年。

25. 李先焜，《語言・符號與邏輯》，武漢：湖北人民出版社，2006 年。

26. 李淑萍，《《康熙字典》研究論叢》，臺北：文津出版有限公司，2006 年。

27. 李煒，《早期漢譯佛經的來源與翻譯方法初探》，北京：中華書局，2011 年。

28. 李榮，《文字問題》，北京：商務印書館，1987 年。

29. 李德俊，《語料庫詞典學：理論與方法探索》，南京：譯林出版社，2015 年。

30. 束定芳，《認知語義學》，上海：上海外語教育出版社，2008 年。

31. 周祖謨，《問學集》，臺北：河洛圖書出版社，1970 年。

32. 竺家寧，《漢語詞彙學》，臺北：五南圖書出版股份有限公司，2004 年。

33. 竺家寧，《佛經語言初探》，臺北：橡樹林文化出版，2005 年。

34. 唐蘭，《古文文字學導論》，高雄：學海出版社，2011 年。

35. 姚永銘，《慧琳《一切經音義》研究》，南京：江蘇古籍出版社，2003 年。

36. 胡一桂，《周易本義附錄纂註》，《無求備齋易經集成》，臺北：成文出版社有限公司，1976 年。

37. 胡同慶，《敦煌學入門》，蘭州：甘肅人民出版社，1994 年。

38. 胡名揚，《詞典學概論》，北京：中國人民大學出版社，1982 年。

39. 胡瑞昌，《現代漢語規範化問題》，湖北：湖北教育出版，1986 年。

40. 徐時儀，《玄應《眾經音義》研究》，北京：中華書局，2005 年。

41. 徐時儀，《漢語白話發展史》，北京：北京大學出版社，2007 年。

42. 徐時儀、陳五雲、梁曉虹（編），《佛經音義研究：第二屆佛經音義研究國際學術研討會論文集》，南京：鳳凰出版社，2011 年。

43. 徐慶凱、周明鑑、秦振庭，《辭書編纂紀事》，北京：商務印書館，2006 年。

44. 班吉慶，《漢字學綱要》，南京：江蘇古籍出版社，2001 年。

45. 郝春文（主編），《敦煌文獻論集：紀念敦煌藏經洞發現一百周年國際學術研討會論文集》，瀋陽：遼寧人民出版社，2001 年。

46. 張書岩（主編），《漢字規範問題研究叢書：異體字研究》，北京：商務印書館，2004 年。

47. 張涌泉，《敦煌俗字研究導論》，臺北：新文豐出版公司，1996 年。

48. 張涌泉，《漢語俗字研究（增訂本）》，北京：商務印書館，2010 年。

49. 張涌泉，《敦煌文獻論叢》，上海：上海古籍出版社，2011 年。

50. 張曼濤（主編），《佛教與中國文學》，現代佛教學術叢刊 19，臺北：大乘文化，1978 年。

51. 章太炎，《章太炎全集：《訄書》初刻本、《訄書》重訂本·《檢論》》，上海：上海人民出版社，2014 年。

52. 許彩虹，《識字教學策略》，臺北：秀威資訊，2012 年。

53. 陳五雲、徐時儀、梁曉虹，《佛經音義與漢字研究》，南京市：鳳凰出版社，2010 年。

54. 陳秀蘭，《敦煌變文詞彙研究》，成都：四川民族出版社，2002 年。

55. 陳垣,《史諱舉例》,臺北:文史哲出版社,1988 年。

56. 陳炳超,《辭書編纂學概論》,上海:復旦大學出版社,1991 年。

57. 陳寅恪,《金明館叢稿二編》,北京:生活・讀書・新知三聯書店,2001 年。

58. 陸宗達、王寧,《訓詁方法論》,北京:中國社會科學出版社,1983 年。

59. 曾榮汾,《辭典編輯學研究》,臺北:世界文物出版社,1988 年。

60. 曾榮汾,《字樣學研究》,臺北:臺灣學生書局,1988 年。

61. 湛如,《敦煌佛教律儀制度研究》,北京:中華書局,2011 年。

62. 馮國棟,《佛教文獻與佛教文學》,北京:宗教文化出版社,2011 年。

63. 黃仁瑄,《唐五代佛典音義研究》,北京:中華書局,2011 年。

64. 黃征,《敦煌語言文字學研究》,蘭州:甘肅教育出版社,2002 年。

65. 黃建中、胡境俊,《漢字學通論》,武昌:華中師範大學出版社,1990 年。

66. 黃德寬,《漢字理論叢稿》,北京:商務印書館,2006 年。

67. 楊小平,《敦煌文獻詞語考察》,北京:中國社會科學雜誌社,2016 年。

68. 楊文全,《近百年的中國漢語語文辭書》,成都:巴蜀書社 2000 年。

69. 楊同軍,《語言接觸和文化互動:漢譯佛經詞彙的生成與演變研究——以支謙譯經複音詞爲中心》,北京:中華書局,2011 年。

70. 楊祖希,《專科辭典學》,成都:四川辭書出版社,1991 年。

71. 梁啓超,《佛學研究十八篇》,天津:天津古籍出版社,2005 年。

72. 葉國良、鄭吉雄、徐富昌(編),《出土文獻研究方法論文集初集》,臺北;國立臺灣大學出版中心,2005 年。

73. 裘錫圭,《文字學概要》,北京:商務印書館,1988 年。

74. 道安,《中國大藏經翻譯刻印史》,臺北:廬山出版社 1978 年。

75. 裴源,《佛經翻譯史實研究:中國翻譯史綱》,臺北:大乘文化出版社,1983 年。

76. 趙紅,《敦煌寫本漢字論考》,上海:上海古籍出版社,2012 年。

77. 趙振鐸,《古代辭書史話》,成都:四川人民出版社,1986 年。

78. 趙振鐸,《字典論(第二版)》,上海:上海辭書出版社,2012 年。

79. 劉中富,《干祿字書字類研究》,濟南:齊魯書社,2014 年。

80. 劉釗,《古文字構形學》,福州:福建人民出版社,2006 年。

81. 劉進寶,《轉型期的敦煌學》,上海:上海古籍出版社,2007 年。

82. 劉葉秋,《中國字典史略》,北京:中華書局,1983 年。

83. 蔡永橙、黃國倫、邱志義,《數位典藏技術導論》,臺北:臺大出版中心、中央研究院,2007 年。

84. 蔡忠霖,《敦煌漢文寫卷俗字及其現象》,臺北:文津出版社,2002 年。

85. 蔣善國,《漢字形體學》,北京:文字改革出版社,1959 年。

86. 蔣善國,《漢字學》,上海:上海教育出版社,1987 年。

87. 鄭賢章，《《龍龕手鏡》研究》，《魏晉南北朝漢譯佛經語言研究》叢書，長沙市：
   湖南師範大學出版社，2001 年。

88. 鄭賢章，《《新集藏經音義隨函錄》研究》，長沙：湖南師範大學出版社，2007 年。

89. 鄭賢章，《漢文佛典疑難俗字匯釋與研究》，成都：巴蜀書社，2016 年。

90. 釋惠敏等，《佛教與二十一世紀——佛教會議論文彙編》，臺北：法鼓文化事業股
   份有限公司，2005 年。

參、學位論文

1. 方怡哲，《說文重文相關問題研究》，臺中：東海大學，1994 年。

2. 王三敏，《現代漢語通用字對應異體字研究》，西安：西北大學，2007 年。

3. 王豔秀，《《勝天王般若波羅蜜經》異文研究》，重慶：西南大學，2013 年。

4. 任璐，《《說無垢稱經》異文研究》，貴陽：貴州師範大學，2015 年。

5. 吳介宇，《中文字書探析》，臺北：輔仁大學，1998 年。

6. 吳碧眞，《《紹興重雕大藏音》字樣研究》，桃園：中央大學，2010 年。

7. 呂瑞生，《歷代字書重要部首觀念研究》，臺北：中國文化大學，1984 年。

8. 呂瑞生，《《字彙》異體字研究》，臺北：中國文化大學，1999 年

9. 巫俊勳，《《字彙》編纂理論研究》，臺北：輔仁大學，2000 年。

10. 李常妍，《《龍龕手鏡》正字研究》，上海：華東師範大學，2009 年。

11. 李瑩娟，《漢語異體字整理方法研究》，雲林：雲林科技大學，2006 年。

12. 易咸英，《《妙法蓮華經》異文研究》，長沙：湖南師範大學，2009 年。

13. 紀韋彤，《甘博 001（法句經下）字樣研究》，桃園：中央大學，2009 年。

14. 徐珍珍，《新集藏經音義隨函錄俗字研究》，臺中：逢甲大學，1997 年。

15. 耿銘，《玄應《眾經音義》異文研究》，上海：上海師範大學，2008 年。

16. 梁微婉，《上博 01（2405）V《摩訶般若波羅蜜經疏》寫本殘卷書成年代考——
   以寫本異體字爲中心》，桃園：中央大學，2011 年。

17. 陳立華，《《生經》異文研究》，長沙：湖南師範大學，2011 年。

18. 陳怡如，《《正字通》正補《字彙》之研究》，臺灣師範大學，2011 年。

19. 陳飛龍，《《龍龕手鑑》研究》，臺北：國立政治大學，1974 年。

20. 陳瑩，《《修行道地經》異文研究》，長沙：湖南師範大學，2010 年。

21. 曾榮汾，《《干祿字書》研究》，臺北：中國文化大學，1982 年。

22. 解永芳，《鳩摩羅什譯《維摩詰所說經》異文研究》，貴陽：貴州師範大學，2014
   年。

23. 路復興，《龍龕手鑑文字研究》，臺北：中國文化大學，1985 年。

24. 熊果，《《四分律》異文研究》，長沙：湖南師範大學，2011 年。

25. 趙丹，《敦煌本道液《淨名經》疏解二種異文研究》，金華：浙江師範大學，2013

年。

26. 劉芬，《津藝藏《妙法蓮華經》五代寫卷異文研究》，南京：南京師範大學，2015
    年。

27. 劉雅芬，《慧琳《一切經音義》異體字研究》，臺南：成功大學，2006 年。

28. 劉鋒，《支謙譯經異文研究》，杭州：浙江大學，2007 年。

29. 歐陽小英，《《六度集經》異文研究》，長沙：湖南師範大學，2010 年。

30. 蔡秋霞，《《金粟山大藏經》殘卷之異體字研究——以上圖藏本爲中心》，桃園：
    中央大學，2010 年。

31. 蔣妙琴，《《龍龕手鑑》引新舊藏考》，臺北：中國文化大學，1976 年。

32. 鄭賢章，《《龍龕手鏡》研究》，長沙：湖南師範大學，2002 年。

33. 謝碧珠，《國字標準字體與初唐楷書字樣差異之研究——以歐陽詢九成宮醴泉銘
    爲中心》，新竹：新竹教育大學，2003 年。

肆、期刊及會議論文

1. 王世豪，〈詞典編輯與經典詮釋語言比較研究：以《說文解字》與經學文獻用字
   訓義爲論〉，《中正漢學研究》第 19 期，嘉義：中正大學，2012 年 6 月。

2. 王華權，〈《龍龕手鏡》所收《一切經音義》用字考探〉，《黃岡師範學院學報》，
   黃岡：黃岡師範學院文學院，2010 年 2 月。

3. 王雲路，〈中古佛經寫本與刻本比較漫議〉，《第十一屆漢文佛典語言學國際學術
   研討會會議論文集》，桃園：國立中央大學中國文學系，2017 年 11 月。

4. 石雲孫，〈論俗字〉，《安慶師範學院學報（社會科學版）》第 1 期，安慶：安慶師
   範學院，2000 年。

5. 任韌，〈《英藏黑水城文獻》第五冊漢文佛經俗字研究〉，《勵耘語言學刊》2017 年
   1 期，北京：學苑出版社，2017 年。

6. 朱生玉，〈《漢語大字典》未認同異體字舉隅〉，《寧夏大學學報（人文社會科學版）》
   第 37 卷·第 6 期，寧夏：寧夏大學，2015 年 11 月。

7. 朱生玉，〈異體字研究論述〉，《現代語文》2013 年 8 期，曲阜：曲阜師範大學，
   2013 年。

8. 冷玉龍，〈論異體字及其在辭書中的處理〉，李格非、趙振鐸主編《漢語大字典論
   文集》，武漢：湖北辭書出版社，1990 年。

9. 吳其昱，〈巴利文《生經》爭兒故事泰字本異文初探〉，《潘重規先生逝世週年紀
   念專輯》，嘉義：南華大學敦煌學研究中心，2004 年。

10. 吳夏郎，〈王筠《說文釋例·異部重文篇》研究〉，《能仁學報》第十二期，香港：
    香港能仁專上學院，2013 年 3 月。

11. 呂瑞生，〈論異體字例及其作用〉，《第十三屆全國暨海峽兩岸中國文字學學術研
    討會論文集》，臺北：萬卷樓出版社，2002 年。

12. 宋建華，〈《新集藏經音義隨函錄》類化字釋例〉，《東海中文學報》第 28 期，臺

中：東海大學中文系，2014 年 12 月。

13. 宋建華，〈從《說文》黽部收字談小篆構形演變之類化現象〉，第九屆中區文字學學術研討會，臺中：靜宜大學中文系，2007 年。

14. 李乃琦，〈玄應音義的增訂本再探討〉，《第十一屆漢文佛典語言學國際學術研討會會議論文集》，桃園：國立中央大學中國文學系，2017 年 11 月。

15. 李心，〈吳任臣《字彙補》之「較譌」研究〉，第十三屆中區文字學學術研討會，花蓮：東華大學，2011 年。

16. 李圭甲，〈可洪音義形似偏旁代替異體字二則〉，《第十一屆漢文佛典語言學國際學術研討會會議論文集》，桃園：國立中央大學中國文學系，2017 年 11 月。

17. 李志強，〈淺談佛教電子工具書〉，《佛教圖書館館刊》第三十五／三十六期，臺北：財團法人伽耶山基金會，2003 年 12 月。

18. 李國英，〈異體字的定義與類型〉，《北京師範大學學報（社會科學版）》2007 年第 3 期，北京：北京師範大學，2007 年。

19. 李國英，〈《大正藏》疑難字考釋〉，《中國文字學報》，北京：北京師範大學民俗典文字研究中心，2015 年。

20. 李國英、周曉文、朱翠萍、陳瑩，〈基於字料庫的開放式異體字整理平臺的設計與實現〉，《中國文字學報》，北京：北京師範大學民俗典籍文字研究中心，2015 年。

21. 李淑萍，〈佛經音義異文用字探析〉，中國經典與文化國際學術研討會，桃園：中央大學，2008 年。

22. 李淑萍，〈清儒古今字觀念之傳承與嬗變——以段玉裁、王筠、徐灝為探討對象〉，《文與哲》第 11 期，高雄：國立中山大學中國文學系，2007 年 12 月。

23. 李淑萍，〈陳敬庭與康熙字典——論康熙字典之編纂及其價值與影響〉，《經學研究集刊》第四期，高雄：國立高雄師範大學經學研究所，2008 年 5 月。

24. 李淑萍，〈論《龍龕手鑑》之部首及其影響〉，《東華人文學報》第十二期，花蓮：東華大學，2008 年。

25. 李圓淨，〈歷代漢文大藏經概述〉，《南行》第 6 期，上海：南行學社，1948 年 11 月。

26. 李運富，〈關於「異體字」的幾個問題〉，《語言文字應用》第 1 期，北京：語言文字應用雜誌社，2006 年 2 月

27. 李運富、蔣志遠，〈從「分別文」「累增字」與「古今字」的關係看後人對這些術語的誤解〉，《蘇州大學學報（哲學社會科學版）》2013 年第 3 期，蘇州：蘇州大學，2013 年 5 月。

28. 李道明，〈異體字論〉，《漢語大字典論文集》，武漢：湖北辭書出版社，1990 年。

29. 李道明，〈異體字論〉，李格非、趙振鐸主編《漢語大字典論文集》，武漢：湖北辭書出版社，1990 年。

30. 杜正民，〈漢文佛典電子化——CBETA2001 年採用的技術、標準暨解決方案〉，《佛

教與二十一世紀》，臺北：法鼓文化事業股份有限公司，2005 年。

31. 杜正民、周邦信、釋法源，〈資訊時代的阿含研究──以《阿含辭典》數位化研究爲例〉，《中華佛學學報》第 19 期，臺北：中華佛學研究所，2006 年。

32. 杜正民等，〈藏經與佛教工具書的數位化編纂〉，《佛教圖書館館刊》第 47 期，臺北：財團法人伽耶山基金會，1998 年 6 月。

33. 杜正民，〈當代國際佛典電子化現況：電子佛典推進協議會（EBTI）簡介〉，《佛教圖書館館訊》第十五期，臺北：財團法人伽耶山基金會，1998 年 9 月。

34. 尚磊明，〈《說文解字》異部重文七則〉，《語文學刊》，內蒙古：內蒙古師範大學，2009 年 11 期。

35. 竺家寧，〈佛經語言研究綜述──音義的研究（上）〉，《佛教圖書館館刊》第四十七期，臺北：財團法人伽耶山基金會，1998 年 6 月。

36. 竺家寧，〈佛經語言研究綜述──音義的研究（下）〉，《佛教圖書館館刊》第四十八期，臺北：財團法人伽耶山基金會，1998 年 12 月。

37. 竺家寧，〈佛經語言研究綜述──詞彙篇〉，《佛教圖書館館刊》第四十四期，臺北：財團法人伽耶山基金會，2006 年 12 月。

38. 竺家寧，〈音位理論在漢字上的應用〉，《第四屆中國文字學全國學術研討會論文集》，臺北：大安出版社，1993 年。

39. 竺家寧，〈漫談佛教工具書編輯〉，《佛教圖書館館刊》第三十五／三十六期，臺北：財團法人伽耶山基金會，2003 年 12 月。

40. 竺家寧，〈論佛經詞彙研究的幾個途徑〉，第三屆漢文佛典語言學國際研究會論文集──漢文佛典語言學，臺北：法鼓佛教學院，2011 年。

41. 竺家寧，〈論佛經語言研究的「以經證經」〉，《興大中文學報》第 38 期，臺中：中興大學，2015 年 12 月。

42. 施安昌，〈唐人對說文解字部首的改革〉，《故宮博物院院刊》1981 年第 4 期，北京：故宮博物院，1981 年。

43. 洪文瓊，〈佛教資訊電子化的思考〉，《佛教圖書館館訊》第二十一／二十二期，臺北：財團法人伽耶山基金會，2000 年 6 月。

44. 洪振洲、馬德偉、許智偉，〈漢文佛典的語意標記與應用：《高僧傳》文獻的時空資訊視覺化和語意搜尋〉，《圖書與資訊學刊》第 74 期，臺北：臺灣大學圖書資訊學系，2010 年 8 月。

45. 夏南強，〈談辭書的凡例〉，《辭書研究》2002 年第 2 期，北京：中國辭書學會，2002 年。

46. 孫建偉，〈慧琳《一切經音義》各版本文字差異例釋〉，《中南大學學報（社會科學版）》第 19 卷第 4 期，長沙：中南大學，2013 年 8 月。

47. 徐時儀，〈略論《慧琳音義》各本的異同〉，《長江學術》2008 年 03 期，上海：上海師範大學中國傳統思想研究所暨古籍研究所，2009 年。

48. 徐時儀，〈略論《慧琳音義》的校勘〉，《長江學術》2009 年 01 期，上海：上海師

範大學中國傳統思想研究所暨古籍研究所，2009 年。

49. 徐時儀，〈《一切經音義》與古籍整理研究〉，《古籍整理研究學刊》第 1 期，長春：東北師範大學古籍整理研究所，2009 年 1 月。

50. 徐時儀，〈玄應《一切經音義》寫卷考〉，《文獻》，上海：上海師範大學中國傳統思想研究所暨古籍研究所，2009 年 1 月。

51. 徐時儀，〈敦煌寫卷佛經音義俗字考探〉，《藝術百家》，南京：江蘇省文化藝術研究院，2010 年 11 月。

52. 徐時儀，〈略論佛經音義的校勘——兼述王國維、邵瑞彭、周祖謨和蔣禮鴻所撰《玄應音義》校勘〉，《杭州師範大學學報》2011 年第三期，杭州：杭州師範大學，2011 年。

53. 徐時儀，〈語文辭書編纂理念探略〉，《江西科技師範大學學報》，南昌：江西科技師範大學，2016 年 4 月。

54. 徐時儀，〈敦煌寫卷佛經音義俗字考探〉，《藝術百家》，南京：江蘇省文化藝術研究院，2010 年 6 月。

55. 徐時儀．〈異形同詞與同形異詞的收釋探略〉，《世界漢字學會第四屆年會論文集》，韓國：世界漢字學會第四屆年會，2016 年 7 月。

56. 徐富昌，〈典籍異文之鑒別與運用——以簡帛本與今本《老子》為例〉，《出土文獻研究方法論文集·初集》，臺北：國立臺灣大學出版中心，2005 年。

57. 徐福榮，〈專科辭典的編纂體例〉，《辭書編纂經驗薈萃》，上海：上海辭書出版社，1992 年。

58. 徐慶凱，〈辭書體的八個要求〉，《辭書研究》2006 年第 4 期，上海：上海辭書出版社，2006 年。

59. 郝恩美，〈漢譯佛經中新造字的啓示〉，《中國文化研究》第 3 期，北京：北京語言大學，1997 年 8 月。

60. 高明道，〈漫談佛教文獻及其研究〉，《佛教圖書館館訊》第十、十一期，臺北：財團法人伽耶山基金會，1987 年

61. 張小艷，〈敦煌佛經疑難字詞輯釋〉，復旦大學出土文獻與古文字研究中心網站，上海：復旦大學，2014 年 9 月。

62. 張俊盛，〈電腦幫助詞典擁抱文法〉，《科學人》第 162 期，臺北：遠流出版公司，2015 年 8 月。

63. 張晏瑞，〈論文史辭典擬定體例的方法〉，《佛教圖書館館刊》第 46 期，臺北：財團法人伽耶山基金會，2007 年。

64. 梁曉虹，〈天理本《大般若經音義》漢字研究〉，《第二十七屆中國文字學國際學術研討會論文集》，臺中：臺中教育大學語文教育學系／臺北：中國文字學會，2016 年 5 月。

65. 梁曉虹，〈無窮會圖書館藏本《大般若經音義》與異體字研究〉，《漢語研究的新貌：方言、語法與文獻——獻給余靄芹教授》，香港：中文大學，2016 年 10 月。

66. 梁曉虹，〈日本佛經音義與古代漢語文字工具書整理研究〉，《第十一屆漢文佛典語言學國際學術研討會會議論文集》，桃園：國立中央大學中國文學系，2017 年 11 月。

67. 章宜華，〈語料庫數據發展趨勢及詞典學意義——兼談美國當代英語語料庫的數據化等徵〉，《辭書研究》，上海：上海世紀出版股份有限公司、上海辭書出版社，2016 年 4 月。

68. 莊德明、謝清俊、林晰，〈中央研究院古籍全文資料庫解決缺字問題的方法〉，第二次兩岸古籍整理研究學術研討會，北京：北京大學，1998 年 5 月 11～13 日。

69. 莊斐喬，〈《說文解字》新附字之佛教用字〉，世界漢字學會第四屆年會，韓國：釜山慶星大學韓國漢字研究所，2016 年 6 月。

70. 陳五雲，〈《一切經音義》用字異文釋源——以唐太宗〈大唐三藏聖教序〉爲例（上篇）〉，《漢文佛典語言學：第三屆漢文佛典語言學國際研討會論文集》，臺北：法鼓文化，2010 年 7 月。

71. 陸海龍，〈試論中型宗教專科辭典的總體設計〉，《中國辭書學文集》，北京：外語教學與研究出版社，2000 年。

72. 陸福慶，〈辭典的收詞問題〉，《辭書編纂經驗薈萃》，上海：上海辭書出版社，1992 年。

73. 景盛軒，〈試論敦煌佛經異文研究的價值和意義——以《大般涅槃經》爲例〉，《敦煌研究》，蘭州：敦煌研究院，2004 年。

74. 曾良，〈佛經異文與詞語考索〉，《古漢語研究》，長沙：湖南師範大學《古漢語研究》編輯部，2013 年。

75. 曾昭聰，〈佛典文獻詞彙研究的現狀與展望〉，《佛教圖書館館刊》第五十期，臺北：財團法人伽耶山基金會，2009 年 12 月。

76. 曾榮汾，〈字樣學的語言觀〉，《第二十屆中國文字學學術研討會》，高雄：國立中山大學，2009 年 5 月。

77. 曾榮汾，〈異體字之六書觀初探〉，《第十九屆中國文字學全國學術研討會》，臺南：嘉南藥理科技大學通識教育中心，2008 年。

78. 曾榮汾，〈異體字滋生之因試探〉，《孔孟月刊》第二十三卷·第十期，臺北：中華名國孔孟學會，1985 年 6 年。

79. 曾榮汾，〈詞典訓詁論〉，《第八屆中國訓詁學術研討會論文集》，新竹：玄奘大學，2007 年 5 月。

80. 曾榮汾，〈試論國內語文工具書編輯觀念之成就〉，《辭典學論文集 1987～2004》，臺北市：辭典學研究室，2004 年。

81. 曾榮汾，〈漢語俗字的演化〉，《華語文教學研究》，臺北：世界華語文教育學會，2006 年 12 月。

82. 曾榮汾，〈網路版詞典編輯經驗析介〉，《佛教圖書館館刊》第 34 期，臺北：財團法人伽耶山基金會，2003 年 6 月。

83. 曾榮汾，〈說文解字編輯觀念析述〉，《先秦兩漢學術》第 3 期，臺北：輔仁大學中國文學系，2005 年 3 月。

84. 曾榮汾，〈辭典編輯偶論〉，《陳新雄教授八秩誕辰紀念論文集》，臺北：萬卷樓圖書股份有限公司，2015 年 6 月 1 日。

85. 舒聞，〈2003 辭書專項質量檢查情況表明市場偽劣偽劣辭書呈現三大特點〉，《中國辭書論集》第 7 輯，北京：外語教學與研究出版社，2007 年。

86. 遆靜，〈以佛經異文校訂《經律異相》芻議〉，《西昌學院學報（社會科學版）》，西昌：西昌學院，2013 年。

87. 馮國棟，〈漢文佛教文獻學體系構想〉，《世界宗教研究》2009 年第 2 期，北京：中國社科院世界宗教研究所，2009 年。

88. 黃仁瑄，〈高麗藏本慧苑音義引《說文》的異文問題〉，《語言研究》，武漢：華中科技大學，2008 年。

89. 楊祖希，〈辭書的總體設計〉，《辭書編纂經驗薈萃》，上海：上海辭書出版社，1992 年。

90. 楊寶林，〈淺談辭書編輯的體例意識〉，《辭書研究》2001 年第 3 期，北京：中國辭書學會，2001 年。

91. 葉健欣，〈電子佛學資料庫於行動上網時代的機遇〉，《佛教圖書館館刊》，臺北：伽耶山基金會，2012 年 6 月。

92. 萬金川，〈文本對勘與漢譯佛典的語言研究——以《維摩經》爲例〉，《正觀》第 69 期，南投：正觀雜誌社，2014 年 6 月。

93. 萬金川〈《可洪音義》與佛典校勘〉，《漢傳佛教研究的過去現在未來》，宜蘭：佛光大學佛教研究中心，2015 年 4 月。

94. 廖湘美，〈《大般涅槃經》音切的比較研究——以敦煌 P.2172 與《可洪音義》爲中心〉，《漢傳佛教研究的過去現在未來》，宜蘭：佛光大學佛教研究中心，2015 年 4 月。

95. 劉元春，〈《基於語料庫的字樣學與實物用字比較研究》序論〉，《漢字研究》第 6 輯，北京：學苑出版社，2012 年 6 月。

96. 劉玲，〈也談辭書的「凡例」〉，《辭書研究》2003 年第 1 期，北京：中國辭書學會，2003 年。

97. 潘重規，〈龍龕手鑑新編引言〉，《文藝復興》第一一九期，臺北：中國文化大學華岡學會，1981 年 1 月。

98. 蔡忠霖，〈寫本異體字構字部件形體變異研究——兼與唐代字樣書俗訛字相較〉，《東吳中文學報》21 期，臺北：東吳大學中文系，2011 年 5 月。

99. 蔡忠霖，〈論字書的字形規範及其「竝正」現象——以唐代字書爲例〉，《文學哲》第十五期，高雄：中山大學中國文學系，2009 年 12 月。

100. 蔡忠霖，〈論字樣書序跋所見的唐代官方文字政策〉，《第二十一屆中國文字學國際學術研討會論文集》，臺北：臺北市立大學（原臺北市立教育大學），2010 年。

101. 蔣禮鴻，〈中國俗文字學研究導言〉，《杭州大學學報》1959 年 03 期，杭州：杭州大學學報（哲學社會科學版）雜誌編輯部，1959 年 3 月。

102. 鄭述譜，〈談談辭書體例〉，《辭書研究》2001 年第 3 期，北京：中國辭書學會，2001 年。

103. 鄭述譜，〈辭書體例漫議〉，《外語學刊》1998 年第 4 期，哈爾濱市：黑龍江大學，1998 年。

104. 鄭賢章，〈《可洪音義》與現代大型字典俗字考〉，《漢語學報》，武漢：華中師範大學，2006 年 2 月。

105. 鄭賢章，〈漢文佛典疑難字箋識〉，《賀州學院學報》第 29 卷第 1 期，賀州：賀州學院，2013 年 3 月。

106. 鄭賢章，〈漢文佛典疑難俗字札考〉，《古漢語研究》2011 年第 2 期（總第 91 期），長沙：湖南師範大學《古漢語研究》編輯部，2011 年。

107. 鄭賢章，〈漢文佛典疑難俗字考釋〉，《合肥師範學院學報》第 30 卷第 1 期，合肥：《合肥師範學院學報》編輯部，2012 年 1 月。

108. 韓小荊，〈《可洪音義》引《字樣》研究〉，《中國文字研究》2014 年 01 期，武漢：武漢大學文學院，2014 年。

109. 韓小荊，〈《可洪音義》與《龍龕手鏡》研究〉，武漢：《湖北大學學報（哲學社會科學版）》，武漢：湖北大學，2008 年 5 月。

110. 韓小荊，〈《可洪音義》與大型字典編纂〉，《古漢語研究》，長沙：湖南師範大學，2007 年 3 月。

111. 韓小荊，〈《可洪音義》與佛典整理〉，《長江學術》，武漢：武漢大學，2006 年 2 月。

112. 韓小荊，〈據《可洪音義》解讀《龍龕手鏡》俗字釋例〉，《語言科學》，徐州：徐州師範大學語言所，2011 年 2 月。

113. 韓小荊、鄧福祿，〈試論《可洪音義》在字典編纂方面的價值〉，石家莊：《河北大學學報（哲學社會科學版）》，武漢：湖北大學，2007 年 1 月。

114. 譚翠，〈敦煌文獻與佛經異文研究釋例〉，《百年敦煌文獻整理研究國際學術討論會論文集》（下冊），蘭州：蘭州大學敦煌學研究所，2010 年。

115. 譚翠，〈《思溪藏》隨函音義与漢語俗字研究〉，《西南交通大學學報（社會科學版）》第 17 卷第 6 期，成都：《西南交通大學學報（社會科學版）》編輯部，2016 年 11 月。

116. 釋永本，〈從文本到數位——談佛光大辭典之編製〉，《佛教圖書館館刊》第 47 期，臺北：財團法人伽耶山基金會，1998 年 6 月。

117. 顧敏耀，〈台灣辭書評論的首開風氣之作——張錦郎主編《台灣歷史辭典補正》評介〉，《臺灣學研究》第 8 期，臺北：國立中央圖書館臺灣分館，2009 年。